Das Rätsel von Ravensbrok

Der in Berlin geborene Autor Hans Hyan verfasste vor allem Kriminalromane. Hyan war liberal und sozialkritisch eingestellt.

In der Buchreihe „Historical Diamond" werden die Juwelen bedeutender klassischer Autoren in einer qualitativ hochwertigen, aber preiswerten Buchausgabe in ungekürzter Fassung neu herausgegeben. Das Themenspektrum umfasst spannende Romane, u. a. historische Romane, Krimis, Fiktion, Abenteuer und Entdeckungsreisen.

HISTORICAL DIAMOND

Hans Hyan

Das Rätsel von Ravensbrok

Krimi von der Waterkant

Herausgeber
Klaus-Dieter Sedlacek

Band 7

Bibliografische Information Der Deutschen Bibliothek:
Die Deutsche Bibliothek verzeichnet diese Publikation
in der Deutschen Nationalbibliografie; detaillierte
bibliografische Daten sind im Internet über
http://dnb.ddb.de
abrufbar.

Herstellung und Verlag: BoD – Books on Demand, Norderstedt.
ISBN: 9783752886573

Erstes Kapitel

Der Invalide Meiners war ein Mann, der trotz seines lahmen Beines Tag und Nacht auf den Füßen war. Er hatte ein scharfes Auge auf die Kohl- und Rübendiebe. Und die Ströpper, die mit Schlingen und Schießeisen dem Wild nachstellten, hatten an ihm einen bösen Feind.

So war er am 16. Januar schon im Morgengrauen unterwegs. Die »Kurze« zwischen den Zähnen, hustete und krächzte der Alte wie ein Rabe. Asthma und Zipperlein plagten ihn wechselweise. Doch das hinderte ihn nicht, früh und spät draußen zu sein. Manch einen von den Wandsbeker Taugenichtsen hatte er schon ins »Kaschott« gebracht, mochten die ihm auch zehnmal mit Rache und Tod drohen!

»Den Düwel ook, wat hüt all wedder de Kraien grölen,« brummte er und wunderte sich, daß die schwarzen Vögel so früh schon zu Gange waren. Da sah er im trüben Licht, daß an einer brüchigen Stelle der Trift die Krähen auf etwas niederstießen und immer neue lärmend zuflogen.

Meiners, der seine Langschäfter anhatte, zauderte nicht, er stieg über den Graben in die Wiese, über der noch der dicke Nebel lag. Fast immer allein, hatte er sich daran gewöhnt, seine Beobachtungen laut zu machen. »Wat'n Schitwetter! Keen' Hund möchte man rutjagen. Aber wat is dat bloßig? Dat seiht ja ut as 'n Mensch!«

Immer näher an das Ungewisse herankommend, erkannte er schon Arm und Bein des im Sumpfwasser liegenden Mannes. Doch der Nebel, der in der Nacht das Vorland wie in weiße Tücher gehüllt hatte, kam jetzt in Schwaden wieder hoch und deckte den Körper zu.

»Dä hat sick all' verbiestert (verlaufen),« brummelte der Alte, »un dorbi is hoi versupen!«

Er faßte nach dem Arm des Toten und hob ihn hoch, »Is all ut mit jem,« nickte Meiners, für den der Tod nicht, wie für die meisten Menschen, etwas Grausiges war. Ruhig, als wäre es eine Verrichtung wie jede andere, packte er das linke Bein der Leiche und zog den Körper aufs Trockne.

Es war heller geworden. Ein weißes, trauriges Licht füllte die buschige Heide. »Oha,« machte der Flurhüter, der den Leichnam umdrehte, »dem hebben se 'n lüttjes Ding vapaßt!«

Und er beugte sich über den in Sand und Segge liegenden Mann, der in seinem feuchten und beschmutzten Mantel, die Hände in nassen Lederhandschuhen, da so still ruhte. Er lag auf dem Bauch; weil er seinen Hut verloren hatte, schimmerte sein hellblondes Haar klatschnaß und verwirrt. Worauf aber der alte Meiners hinstarrte, das war das kleine Loch am Haaransatz des Hinterkopfes. Meiners drehte den Toten nochmals um. Jetzt starrte der mit den gebrochenen Augen trüb und glasig in den bleigrauen Himmel.

Da heulte von irgendwoher eine Sirene – das ließ den Alten zusammenschrecken. Er wurde wütend, und die Faust schüttelnd, murrte er: »Dat sind die gottverfluchtigen Ströppers west! Nich blot, dat sei Reih' un Hoasen dotschlahn, nu murksen sei ook all' Minschen af! ... Ick möt doch mol seihn, ob sä jem ook utplünnert hebben!«

Damit machte sich Meiners daran, dem Toten regelrecht die Taschen zu untersuchen. Aber er fand nichts als ein paar Schlüssel im Ledersäckchen, eine Brieftasche mit etlichen Geschäftskarten, ein buntes Taschentuch und ein altes Portemonnaie mit dreizehn Groschen.

»Dat is 'ne Ohnglückszahl,« brummte Meiners, »na, un dat is ja nu ook indrapen« (eingetroffen)! Un so 'n jungen Kierl! Dä is wull noch keene dörtig Johr!«

Der Alte ging den Bruchweg hinauf, denn er wollte gleich nach Ravensbrok hinein, zum Gendarm, und dem den Fund melden – da sah er im Schnee, der hier, wo es frei war, reichlicher lag, ein Fahrrad.

Er faßte es gar nicht an. Nichts am Tatort verändern, das war, wie sein Freund, der Gendarm Meinshausen, sagte, bei solchen Gelegenheiten die Hauptregel. Und als habe sein Gedanke die Kraft, den, den er meinte, herbeizuzitieren, hörte er von fern dumpfen Hufschlag, und zwischen den lückigen Föhren ward, noch weit, der hohe Schimmel des Gendarmen sichtbar.

Der kam im kurzen Trab heran. Aber jetzt riß der Reiter den Zügel an und ritt schneller, da er den alten Meiners bei der Leiche stehen sah.

5

Meiners wies mit einem stummen Grinsen auf den Toten hin. Der Gendarm, ein Hüne, stieg von seinem Schimmel. Dann spuckte er eine Ladung Tabaksaft im Bogen und schüttelte den behelmten Schädel.

»Dat is ja 'n dollen Swinkram! Dor hebb' ick all wedder dran zu schriwen, bis dat wir den unner de Erd' kregen! Hast do n' schon nachseihn, Meiners?«

Der Flurhüter meldete das Ergebnis seiner Bemühung. Währenddessen betrachtete der Gendarm den Toten genauer, nahm auch die Papiere aus der Brieftasche und sagte schließlich: »Ick glöw', Meiners, den kenn' ick all! Dat is der Reisende, Berwin heet hei, der bi die Witte Winkel in 'n Butenweg wohnen deit! Ick kenn' em an dat witte Hoar ... as son Grasoop (Grasaffe) hat hei immer utseihn; un besupen wär' er all mehr as nüchtern. Na, denn wör ick mal runnerreiden nach't Amt und wör dat melden!«

Damit stieg der Riese wieder auf seinen Schimmel, nickte seinem alten Freund zu und zuckelte in mäßigem Trab davon. Meiners sah noch mal den Toten an; den konnte er hier ruhig liegenlassen, keine Seele würde sich an dem vergreifen! Aber die paar Habseligkeiten steckte er zu sich, und nach einigem Bedenken faßte er das Fahrrad bei der Lenkstange und führte es nicht ohne Mühe auf dem holprigen Weg. Das Rad hätte gar zu leicht einen unberechtigten Liebhaber finden können.

* * *

Gendarm Meinshausen ritt vor das Häuschen der Witwe Winkel, stieg vom Gaul und klopfte. Maria öffnete. Der Behelmte mußte sich bücken. Für seine zwei Meter fünf, durch den Helm noch beträchtlich verlängert, war die Tür nicht hoch genug.

»Is Ihre Mutter zu Hause, Mamsellchen?« fragte der außerhalb des Dienstes immer freundliche Mann.

»Jawohl, Herr Wachtmeister.«

»Kann ich di all' mal sprechen?«

»Bitte, Herr Wachtmeister!«

Und Maria öffnete dem Beamten die vom Flur nach rechts führende Tür in die Stube, wo Frau Renate Winkel in dem Korblehnstuhl bei der Arbeit saß. Sie stickte rote Monogramme in bunte Handtücher. Als Meinshausen eintrat, ließ sie das Tuch in den Schoß sinken und blickte dem Gendarm kopfnickend entgegen.

»Wohnt nich bei Ihnen ein Herr Berwin, der Reisender ist, Frau Winkel?«

Die Frau nickte wieder. Sie war nicht ängstlich, nur sehr vorsichtig. Aber der erfahrene Polizeimann sah doch gleich: hier stimmte etwas nicht!

»Is er denn hier, der Herr Berwin?«

Die Frau schüttelte den Kopf mit den grauen Flechten, die ein gehäkeltes Häubchen deckte. »Nä, Herr Wachtmeister, hier is er nich. Er isgar nich nach Hause 'kommen die letzte Nacht.« Meinshausen sah sich nach Maria um.

Das blonde Mädchen, das in einer schrecklichen Spannung an der Tür lehnte, war in ihrer Erregung schön. Jetzt öffnete sie den Mund. Sie wollte etwas sagen, aber Schreck und Angst lähmten ihr die Zunge.

Da fragte die Mutter, die nicht eine Sekunde ihre Ruhe verlor:

»Wissen Sie denn, wo er geblieben ist, der Berwin, Herr Wachtmeister?«

Der nickte. »Ja, Frau Winkel. Im Wald, oben bei Nasseeck, da haben wir 'n gefunden – un hat 'ne Kugel im Kopf – un is mausetot.«

Der Frau zitterten die Hände, sonst blieb sie ganz ruhig. Die Tochter sagte, in Tränen ausbrechend, nur leise: »Ach nein! Ach nein!«

»Na, und Ihr anderer Mieter, der Herr Stark, ist der denn zu Hause?«

Frau Winkel nickte: »Der schläft oben in seiner Stube.«

Meinshausen dachte einen Augenblick nach. »Je, denn wör ick jem wull mal stören müssen –«

Auf Marias hellem Gesicht kam und ging die Farbe. Der Gendarm sah sie scharf an. »Wollen Sie mich mal zu ihm hinbringen, Fräulein?«

Maria ging schweigend voraus.

Als sie die halbe Treppe hinauf war, blieb sie stehen und drehte, sich am Geländer festhaltend, den Oberleib nach dem Beamten um. In ihren großen blauen Augen brannte die Flamme eines starken Entschlusses, und sie sagte:

»Mein Bräutigam ist erst heute morgen nach Hause gekommen, Herr Wachtmeister. Er hat den Berwin im Nebel verloren – in der Heide –«

Meinshausen sagte nur:

»Die waren wohl beide mit dem Rad unterwegs? Dem Berwin seins haben wir draußen gefunden. Wann ist er denn gekommen, der Herr Stark?«

»Heute früh um fünf – er hat seinen Freund stundenlang draußen gesucht.«

»Und nun schläft er – Ihr Bräutigam?«

»Ja – ich glaube – er war todmüde.«

»Tja – denn wer' ick n' woll mal wecken müssen!«

Maria ging weiter. Sie öffnete die Tür der Mansarde und ließ den Gendarm zuerst eintreten. Der blieb auf der Schwelle stehen und sah in den Raum, den fahles Schneelicht füllte, stumm hinein.

Da stand mitten in der Stube ein großer Tisch aus weißem Holz. Zeichnungen und Papiere darauf und eine Menge Pinsel in einer großen Blechdose. Daneben Farbkasten und Palette. Aber an den hell gestrichenen Wänden hingen Aquarelle und Ölskizzen in bunter Menge. Sonst gab es ein paar Rohrstühle, einen Waschtisch und ein Feldbett im Zimmer. Und auf dem Bett lag, nur mit Hemd und Hose bekleidet, den Rock und die Weste hatte er ausgezogen, Hannes Stark.

Er lag da wie ein Mensch, der nach einer ungeheuren Anstrengung völlig erschöpft zusammengesunken ist und nicht das bißchen Kraft mehr hatte, sich auszuziehen.

Der Gendarm beugte sich über den Liegenden und schnupperte; er wollte riechen, ob der Maler sich mit Alkohol so müde gemacht hatte. Aber so war es nicht. Und es tat dem Mann in der Uniform fast leid, daß er den anderen aus dem Schlaf reißen mußte. Er faßte ihn an der Schulter und rüttelte ihn. Unwillig bewegte sich Stark und wollte weiterschlafen. Da hob ihn Meinshausen mit seiner gewaltigen Faust auf und sagte: »Heda! Holla! Ich muß Sie sprechen! Wachen Sie auf!«

Stark war mit einem Ruck in die Höhe.

»Was denn? Was ist denn, Herr Wachtmeister?«

»Ich wollt' Sie nach Ihrem Freund fragen, nach Herrn Berwin.«

Stark sah Maria an, sah die Tränen in ihren Augen und blickte dann zu dem Gendarm auf. »Wieso? Haben Sie ihn gefunden?«

Der nickte. »Ja, tot – erschossen – in der Ravensbroker Heide – da liegt er.«

Stark saß auf dem Bett. In dumpfer Ratlosigkeit schüttelte er den Kopf. »Und ich habe ihn doch stundenlang gesucht –«

Dann sah er dem Gendarm voll ins Auge. »Wir sind von Hamburg gekommen, Herr Wachtmeister, bis um elf waren wir zusammen – Bruno Berwin und ich –«

»Wo?« fragte Meinshausen.

»Ach, überall! Erst waren wir bei Bestmann auf dem alten Steinweg. Da war unser Freund Müller noch dabei. Und dann sind wir nach der Reeperbahn zu Carstensen in die ›Kajüte‹. Und von da zum ›Paradiesvogel‹ in der Lange Reihen – und dann sind wir vom Rathausmarkt nach Wandsbek gefahren. Da waren unsere Räder auf dem Bahnhof. Damit sind wir dann durch die Heide nach Hause.«

»Sie alle drei?«

»Nein. Arnold Müller ist ja schon in Hamburg abgeblieben. Der hat in Carstensens ›Kajüte‹ zwei alte Freunde getroffen. Und da haben die drei noch gesessen, aber Berwin wollte nicht mehr, der hatte Angst.«

»Wieso? Wovor denn? Haben Sie Streit miteinander gehabt, Sie und Berwin?«

»Wir beide? – Ja, auch! Aber das war's nicht. Berwin hatte Angst vor einem Mann, mit dem er in Bestmanns Keller gekneipt hatte. Wie hieß er doch gleich? Ja, Wolfank. Hans Wolfank. Der hatte was gemerkt, daß Berwin großes Geld bei sich hatte.«

»Hatte er denn so viel bei sich, der Berwin?«

»Ja, Herr Wachtmeister, achtundfünfzigtausend Mark in Scheinen.«

»Na, kiek eens! Hat er die gewonnen in der Lotterie?«

»Ja, das heißt: wir beide – wir haben zusammen ein Los gespielt. Darum kam ja auch der Streit! Ich hatte meinen Anteil noch nicht bezahlt an Berwin –« Stark lachte gequält: »Eine Mark achtzig, Herr Wachtmeister, das ist doch lächerlich! Aber ich wollte es ihm ja geben, am Sonnabend – und – und er – war einverstanden –«

Hannes sah, als er das sagte, an dem Gendarm vorbei. Und sein Blick traf das blonde Mädchen, das mit nassen Augen zuhörte. Sie sagte nichts. Aber Stark las von ihren Lippen die stummen Worte: »Du lügst, Hannes! Berwin war nicht einverstanden!«

»Und da haben Sie sich gezankt,« nickte Meinshausen nachdenklich und sah Hannes Stark bedeutungsvoll an. Erst nach einer Pause sagte er: »Und wie war das mit dem Menschen in Bestmanns Keller – wie hieß der Kerl doch gleich?«

»Wolfank, Herr Wachtmeister, Hans Wolfank. Aber sie nannten ihn da unten den ›Großkarierten‹ oder den ›Engländer‹. Und nachher kam Kommissar Reimers von der Kriminalpolizei und wollte ihn verhaften, den Wolfank – aber der war schon weg. Und Berwin war froh, denn der Wolfank hatte was mit ihm vor – ja, und denken Sie, Herr Wachtmeister, wie wir nachher in Carstensens ›Kajüte‹ sitzen, da kommt er plötzlich auch 'rein, der Wolfank! Und da kriegte Berwin solch furchtbare Angst um sein Geld und bat mich, ich sollte ihn bloß nicht allein lassen. Und das hab' ich auch nicht. Bis zuletzt war ich mit ihm zusammen. Ich mußte ja schon deswegen aufpassen, weil doch das halbe Geld mir gehörte.«

»Hat Ihnen denn der Berwin was davon gegeben?«

Hannes Stark nickte. »Ja, dreitausend Mark!« Aber indem der Maler das sagte, fühlte er, wie er verlegen und rot wurde. Und unter dem zweifelvollen Blick des Beamten wurde er immer verwirrter. Der Blutandrang, der ihn bei jeder Erregung peinigte, ließ seinen Kopf krebsrot werden.

Meinshausen beobachtete ihn scharf. Er sagte:

»Bei der Leiche haben wir im ganzen dreizehn Groschen gefunden. Es liegt also Raubmord vor.«

Ein leiser, zitternder Schrei ward hörbar. Voll Entsetzen blickte der Maler seine Braut an.

Der Gendarm sah sie beide an.

»Ja, da muß ich Sie bitten, mit mir aufs Amt zu kommen, Herr Stark!«

»Wollen Sie mich etwa verhaften?«

»Nein, aber der Herr Amtmann muß Sie persönlich vernehmen. Das ist 'ne Mordsache, da ist jeder Schritt und jedes Wort wichtig! Also ziehen Sie sich man an, und dann kommen Sie ruhig mit!«

Der Beamte wandte sich nach der Tür, an deren Pfosten noch immer Maria lehnte. Ihr war, als ginge alles um sie her zugrunde; in einen kochenden Wirbel von Empfindungen hineingestoßen, fand ihr Herz keinen Ausweg.

In diesem Augenblick drehte sich der Gendarm kurz um und fragte Stark:

»Besitzen Sie eine Schußwaffe?«

Der zögerte mit der Antwort. Dann sagte er, und seine Stimme schien ihren Klang verloren zu haben:

»Ja, einen Revolver.«

»Kann ich den mal sehen?«

Tief Atem holend, nickte Stark, dann stand er mühsam auf, als wäre er noch immer von der Nacht erschöpft, ging an die braun gestrichene Kommode und nahm, den Kasten aufziehend, einen Revolver mit braunem Holzgriff, eine nicht neue und schon hier und da rostfleckige Waffe, heraus. Die gab er dem Gendarm.

Maria, die sich nicht von der Stelle rührte, beobachtete ihren Liebsten. Mit blutendem Herzen sah sie den verstörten Blick, mit dem er den Gendarm umfaßte. Sie sah, denn sie kannte jede seiner Regungen, wie Hannes Stark innerlich bebte, als Meinshausen jetzt den Revolver sachkundig auseinandernahm und, ein Zündholz ansteckend, durch den kurzen Lauf blickte.

Dann setzte der große Mann die Waffe wieder zusammen und steckte sie in die hintere Tasche seines Uniformrockes.

»Der Revolver ist heute erst gereinigt – man sieht noch die frischen Ölspuren. Wann haben Sie den Lauf durchgezogen?«

Hannes Stark schluckte, als stecke ihm etwas in der Kehle. Dann rang er sich mühsam das Wort ab:

»Heute früh, Herr Wachtmeister!«

»Heute morgen? Sie sagen doch – oder vielmehr Ihre Braut hat mir gesagt, Sie wären so todmüde nach Hause gekommen – und Sie sind ja auch eingeschlafen, ohne sich auszuziehen. Und da haben Sie trotzdem erst noch Ihren Revolver geputzt? Hören Sie mal, Stark« – der Beamte ließ plötzlich das »Herr« fort, und Hannes wie Maria empfanden beide: es war wie eine Hand, die sich auf des Verdächtigen Schulter legt –, »das muß doch einen Grund haben! Wie ist denn das – haben Sie vielleicht in der Nacht mit dem Revolver geschossen?«

Hannes Stark zauderte wieder mit der Antwort. Aber dann raffte er sich auf; er stand, und seine hohe Gestalt straffte sich. Das Gefühl, ihm drohe Gefahr, rief seinen nicht alltäglichen Mut auf. Er sah ein, daß er an einer Wende seines Geschickes stand.

»Ich habe den Revolver heute nacht dreimal abgeschossen, Herr Wachtmeister. Ich mußte annehmen, daß Berwin sich verlaufen hätte, und da wollte ich ihn durch das Knallen zurückrufen.«

Ein Lächeln zog über das breite Gesicht des Gendarmen. Er nickte mehrmals, als wolle er sagen: Die Ausrede läßt sich hören! »Aber,« meinte er dann, »darum brauchten Sie die Waffe doch heute früh trotz all Ihrer Müdigkeit nicht noch zu putzen?«

Stark wurde wieder unsicher. Seine Erschöpfung und eine Art tiefer Gleichgültigkeit gegen diese ganze blödsinnige Angelegenheit lähmten den Rest von Energie, den ihm der gestrige Tag mit seinen Ängsten und Kümmernissen und die in verzweifeltem Jammer vergangene Nacht noch gelassen.

Er hätte den Revolver, so müde er auch war, als er nach Hause kam, doch noch geputzt, weil er sich sorgte, der Verdacht, Berwin beseitigt zu haben, möchte auf ihn fallen.

»Na, hören Sie mal,« der Wachtmeister lächelte böse, »wo Sie noch gar nicht wußten, daß der Berwin tot war, da konnten Sie doch nicht denken, daß der Verdacht auf Sie fallen würde! Das sind doch faule Fische! Da stimmt doch was nicht! Also warum haben Sie den Revolver heute morgen geputzt?«

Jede mildere Regung war aus dem Antlitz des Gendarmen verschwunden.

Und Stark zuckte die Achseln:

»Weil – weil ich nicht wollte, daß er Rostflecke kriegen sollte.«

Meinshausen lachte laut. Er langte in die Rocktasche und holte die Waffe wieder hervor, die er Stark unter die Nase hielt.

»Sehen Sie mal, wieviel Flecke und Rostnarben das alte Ding schon hat! Und da wollen Sie mir Märchen erzählen von wegen gleich putzen und so? – Nä, Herr Stark, ziehen Sie sich man an und kommen Sie mit!«

»Herr Wachtmeister!« schluchzte Maria. Aber der Gendarm machte eine fackelnde Bewegung mit seiner Riesentatze und ging die Treppe hinab. Von unten rief er hinauf:

»Man 'n beten dalli, Sie Herr da oben! Ich hab' keine Zeit, zu warten!«

Stark konnte nur oben noch seiner Maria Lebewohl sagen. Und es war ihm, als hätten ihre lieben Augen ihn in bangem Zweifel angesehen.

* * *

Auf der Straße sagte der Gendarm, der schon einen Fuß im Steigbügel hatte:

»Sie gehen, als mein Arrestant, genau neben dem Pferd her. Bei dem geringsten Fluchtversuch mach' ich von der Waffe Gebrauch!«

So mußte Stark in dem kleinen Ort, wo jeder den anderen kannte, neben dem Gaul des Gendarmen hergehen. Meinshausen hätte ihn ja auch an die Leine nehmen können.

Es waren nicht viel Menschen auf dem Weg; aber die draußen waren oder die an den Fenstern der kleinen Häuser standen, die reckten die Hälse und machten den Maler verrückt mit ihren gaffenden Blicken und halblauten Bemerkungen.

Der Amtsvorsteher Kleinert war der Besitzer eines etwas größeren Hauses. Das Amtslokal lag im Erdgeschoß. Margret Kleinert, eine hübsche Rotblonde, stand am offenen Fenster, als der Gendarm vor das Haus ritt und nach dem Amtsvorsteher fragte.

Hannes Stark stand gesenkten Kopfes neben dem Pferd. Vor vierzehn Tagen hatte er noch mit Margret getanzt. Jetzt blickte sie, Schreck in den großen Augen, auf den Maler, den sie, wie die Frauen meist, gut leiden mochte. Was konnte er denn nur verbrochen haben? Er war doch ein guter und anständiger Mensch!

Da kam ihr Vater und trat ans Fenster.

»Was ist, Meinshausen? Wen bringen Sie denn da?«

Der Gendarm schüttelte den Kopf.

»Ich komme gleich 'nein, Herr Amtsvorsteher.« Mit einer befehlenden Bewegung zu Stark: »Kommen Sie mit!« Damit band er das Pferd an und ging ins Haus. Aber er ließ Stark vorausgehen.

»Geh' in die Küche zur Mutter, Margret!« Der Amtsvorsteher schob das Mädel zur Tür hinaus, durch die eben der Beamte mit Stark in die Stube trat.

»Nanu,« sagte der Amtsvorsteher, ein sehr ruhiger, etwas schwerfälliger Mann, »wen bringen Sie denn da, Wachtmeister?«

»Befehl, Herr Amtsvorsteher: der Maler Hannes Stark – wird eingeliefert unter Mordverdacht.«

Und Meinshausen berichtete knapp und sachlich die Geschehnisse des Morgens, den Verdacht auf Stark als Täter und seine Verhaftung.

»Und was haben Sie dazu zu sagen?«

Kleinert wandte sich zu dem Maler. Ging aber, ehe der sprach, an den Schreibtisch, der vor dem zweiten Fenster stand, und legte Papier und Feder zurecht. Dann ließ er seinen schweren Körper – er wog wohl mehr als zwei Zentner – in den Korblehnstuhl sinken, stützte die Arme auf die Lehnen und sah Stark voll Interesse an.

Hannes Stark schwieg. Er wußte ja nicht, was er zuerst sagen sollte. Das polterte ja wie Felssteine auf seinen wirren Kopf! Wo sollte er denn bloß anfangen? Wie gehetzt irrten seine Augen von einem zum anderen. Schließlich sagte er wütend:

»Ich bin unschuldig! Ich habe ihn nicht ermordet!«

Kleinert schüttelte den Kopf. Aber er sagte nichts. Er horchte, während er Stark anblickte, auf die Meldung des Gendarmen:

»Der Verhaftete hat seinen Revolver dreimal abgeschossen, heute nacht. Angeblich, um Alarmschüsse abzugeben. Er hat ihn aber trotz großer Müdigkeit heute morgen gleich geputzt, und,« der Beamte hob die Stimme, »das Kugelloch im Hinterkopf des Erschossenen paßt zu dem Neunmillimeterkaliber des Revolvers!«

Bei diesen Worten zog Meinshausen den Mehrlader mit dem braunen Holzgriff aus der Rocktasche und legte ihn auf die gelbe Tischplatte.

Der Amtsvorsteher nahm den Revolver und besah ihn. »Ja, neun Millimeter,« murmelte er. Dann blickte er zu Stark hinüber, der mit stieren Augen vor sich hinsah.

»Das sind in der Tat Verdachtsgründe – daraufhin müssen wir Sie festhalten. Aber,« mit einem Anflug von Laune, »angeklagt ist ja noch nicht verurteilt – es kann sich noch alles aufklären!«

Und zu dem Gendarm sagte er: »Der Arrestant kann oben in die Leerstube kommen, ins Spritzenhaus möcht' ich ihn nicht stecken. Übrigens werde ich gleich telephonieren – er wird ja dann doch am Nachmittag abgeholt. Führen Sie ihn 'nauf, Wachtmeister – oder nein, ich werde ihn selbst 'nauf bringen! Kommen Sie!«

Und der schwere Mann ging vor dem Maler her die kurze Treppe hinauf. Droben auf dem schmalen Gang, der düster war, schloß er eine Tür auf, durch die Stark in eine leere Stube trat. Auf einem Regal standen Einmachgläser, und in der einen Ecke lagen auf Stroh Winteräpfel. Ein alter Strohstuhl stand am offenen Fenster, durch das die neblige Luft hereinstrich.

Herr Kleinert sah hinaus. »Sie werden keinen Fluchtversuch machen, nicht wahr? Es nützt ja nichts. Man fängt Sie doch wieder, und Sie verschlimmern bloß dadurch Ihre Lage. Zu Mittag wird Ihnen das Mädchen was zum Essen 'raufbringen – denn vor Abend wird man Sie wohl nicht abholen.«

»Wohin denn?« fragte Stark. »Wo komme ich denn hin?«

»Nach Altona natürlich!«

Herr Kleinert sah den Arrestanten noch einmal an. Er blickte Stark in die braunen Augen und schüttelte den Kopf. Der Maler aber wiederholte, die Hände ineinander verkrampfend:

»Wahrhaftig, ich bin es nicht gewesen – ich bin unschuldig!«

Dann war er allein. Und auf den Rohrstuhl sinkend, schlug er die Hände vor das Gesicht und fing bitterlich an zu weinen.

Zweites Kapitel

Amtsgerichtsrat Doktor Walfeld steckte eben den letzten Happen von seinem Frühstücksbrot in den Mund. Es war elf Uhr, und er hatte heute schon zwei Fälle erledigt.

Aber all das war doch wie vorüberhuschende Irrlichter, an diesem seltsamen Fall gewesen, der jetzt in Doktor Walfelds Amtsleben trat.

Kopfschüttelnd ging der Untersuchungsrichter ein paarmal in dem großen, hellen Gemach auf und ab. Er war Jurist mit Leib und Seele.

Seine Kollegen, die in den Kammern saßen, sagten von ihm: Wo Doktor Walfeld die Untersuchung führte, da bliebe für sie so gut wie nichts mehr zu tun. Er selbst aber hatte, wenn er sich abends schlafen legte, ein gutes Gewissen und die tiefe Beruhigung, daß er nichts versäumt habe, um der Gerechtigkeit zu ihrem für die Menschheit so wichtigen Sieg zu verhelfen.

Er wandte sich um nach dem Platz des Gerichtsschreibers Aber, es fiel ihm ein, er hatte den schon älteren Mann für kurze Zeit beurlaubt.

Sonderbar, dieser Mensch litt, so sagte et wenigstens, an plötzlichem Blutandrang nach dem Kopf, Und in dem Zustand vergaß er alles. Wie froh und seinem Gott dankbar war er, Doktor Walfeld selbst, für seine eiserne Gesundheit! Nicht auszudenken, wenn er so an Gedächtnisverlusten gelitten hätte.

Er drückte auf den Knopf der Tischklingel. Er drückte lange und energisch, denn er kannte die Gepflogenheit mancher Justizwachtmeister, sich bei solchem Klingelruf Zeit zu lassen.

Aber diesmal erschien der Beamte sogleich.

»Ist Fräulein Winkel da?«

»Jawohl, Herr Amtsgerichtsrat!«

»Also lassen Sie sie eintreten!«

Der Wachtmeister verschwand. Doktor Walfeld nahm Platz am grünen Tisch. Er hielt es für richtig, dem Rechtsuchenden mit der ganzen Würde des Rechtsprechenden entgegenzutreten.

Er sah auf die Uhr an der Wand. Die Viertelstunde war um. Simmerlich, der Gerichtsschreiber, mußte wieder erscheinen.

Wachtmeister Mahnke öffnete die Tür und ließ Maria eintreten.

»Setzen Sie sich!« sagte Doktor Walfeld

Maria nahm Platz auf der dem Richtertisch gegenüberstehenden gelben Bank. Sie hatte sich fest vorgenommen, energisch und mutig zu sein, auf alle Fragen wahrheitsgemäß zu antworten, aber auch jede Unbilligkeit zurückzuweisen.

Bei der polizeilichen Vernehmung hatte sie manches einstecken müssen. Der ein wenig bärbeißige Beamte hatte sie anfangs als eine Art Mitschuldige des Mörders angesehen. Maria aber hatte ihm klar und eindeutig gesagt, daß sie selbst gar nichts mit dem Fall zu tun habe. Und daß sie außerdem für Hannes Starks Unschuld einträte. Und da hatte der Kriminalbeamte langsam den Ton gewechselt und hatte die am Ende doch in Tränen ausbrechende Maria ganz väterlich getröstet.

Doktor Walfeld sah wieder hinauf zur Wanduhr. Wo blieb bloß dieser Mensch, der Simmerlich? Aber das hat man davon, wenn man den Leuten so außerdienstliche Vergünstigungen zubilligt! Er entschloß sich, vorläufig ein rein informatorisches Gespräch mit der übrigens recht anmutigen Zeugin anzuknüpfen. Er nickte Maria zu:

»Sind Sie schon lange verlobt mit – mit dem Verhafteten?«

Maria stand auf. »Ja – zwei Jahre –«

»Setzen Sie sich doch bitte. Hm – Sie wollten auch bald heiraten?«

»Ja,« nickte Maria, der die Augen naß wurden, »jawohl – in einem Monat – spätestens im März, Herr Rat.«

Eine Pause.

Dann, nach kurzer Überlegung, der Richter, nicht um der jungen Person weh zu tun, sondern um sie auf das Notwendige, Unausbleibliche vorzubereiten:

»Daraus wird ja nun kaum etwas werden.«

Und als er das heftige Erschrecken sah, das Gesicht und Hals der Blonden überflammte:

»Ich meine, das notwendig werdende Gerichtsverfahren kann in so kurzer Zeit nicht beendet sein.«

Maria schluchzte auf. Und ihr Schnupftuch hervorziehend, sagte sie stockend:

»Wo er doch aber gar keine Schuld hat!«

Doktor Walfeld sah ein: er kam so nicht weiter. Und dieser Unglücksmensch, der Simmerlich, kam immer noch nicht. So lächelte der Richter, fast ein bißchen verlegen. Er fühlte etwas wie Rührung in seiner Brust aufsteigen und war sich sofort klar, daß Derartiges einem Richter – und gar erst einem Untersuchungsrichter – nicht passieren dürfe. Darum sagte er ernst, mit harter Stimme:

»Über Schuld und Unschuld des Verhafteten kann ich mich nicht mit Ihnen unterhalten. Ich will Sie nur einiges fragen. Sie wollten in Kürze heiraten? Dazu brauchten Sie doch Geld, nicht wahr?«

Maria, deren offener Kopf den Sinn dieser Frage sofort erfaßte, nickte zustimmend: »Jawohl, Herr Rat. Dazu hatte ich mir vierhundertfünfzig Mark durch meine und meiner Mutter Arbeit erspart.«

»So – und das Geld ist noch vorhanden?«

Maria nickte froh: »Gott sei Dank, ja.«

»Und Ihr Bräutigam, Fräulein Winkel? Ich meine, der hat wohl nichts gespart?«

Maria, ohne jeden Hintergedanken, in ihrer instinktiven Wahrheitsliebe, schüttelte mit einem schmerzlichen Lächeln den Kopf:

»Er konnte ja nicht, Herr Rat! Er ist doch Maler! Und der Verdienst ist ja so schwankend bei den Künstlern –«

»Ja, und da kam der Lotteriegewinn natürlich wie gerufen. So mit einem Schlag eine Handvoll Tausendmarkscheine – da kann einer schon den Kopf verlieren, nicht wahr?«

Maria merkte den schaurigen Doppelsinn dieses Bildwortes gar nicht. Dem Richter treuherzig zunickend, meinte sie:

»Doch, Herr Rat, leider! Das hat er auch, mein armer Hannes! Er war ganz aus dem Gleise, dazu kam, daß ihm der Berwin von dem Geld nichts abgeben wollte, weil Stark doch seinen Losanteil nicht rechtzeitig bezahlt hatte –«

»Ja, ja.« Der Richter blickte Maria in das klare, schöne Auge, und dabei ward es ihm unbehaglich zumute: vor soviel gläubigem Vertrauen schien ihm sein wohlberechnetes Herausholen der Wahrheit unvornehm und häßlich. Aber er besann sich auf seine Amtspflicht,

»Und wenn man so nötig Geld braucht und hat es zu verlangen, und der Schuldner weigert sich und gibt nichts her, um das Verrecken nicht – da« – er sah dem Mädchen noch eindringlicher in das gespannte Gesicht –, »da kann ein Mensch schon die Besinnung verlieren! Da packt ihn Zorn und die Wut! Die Waffe fliegt aus der Tasche, ohne daß er es will. Keine Seele ist in der einsamen Heide. Nur der Mond am Himmel. Kein Menschenauge sieht es. Er schreit: ›Gibst du mir das Geld? Ja oder nein?‹ – Der Finger ist am Abzug. Es knallt! Wer hat denn geschossen? Da liegt der andere – da liegt er – und ist tot!«

Der Richter hielt plötzlich inne in seiner dramatischen Schilderung des Verbrechens. Maria starrte voll Entsetzen auf Doktor Walfeld.

»Wer denn?« fragte sie, und ihre Lippen bebten. »Wer soll denn geschossen haben? Mein Hannes?« Ihre Augen wurden ganz dunkel. Ihr Kopf flog in heftiger Abwehr. »Nein, mein armer Hannes, der

war es nicht! Der tut keinem Menschen was zuleide!«

Sie dachte an den oft wie Feuer ausbrechenden Jähzorn ihres Verlobten, und sie erschrak im innersten Herzen. Aber ihr Mund redete mechanisch weiter:

»Mein Hannes beraubt keinen und tut keinem etwas! Er ist nicht der Mörder!«

Das Letzte hatte sie laut hinausgeschrien. In ihrer Aufregung und Entrüstung wandte sie sich zur Tür. Da ging diese auf, und der Protokollführer trat herein.

Er hatte sich im Lokal verplaudert und war statt einer Viertelstunde eine halbe Stunde ausgeblieben. In der Suche nach einer Ausrede stieß er fast mit Maria Winkel zusammen. Er sah auch, daß der Richter sich in einer ihm unerklärlichen Bewegung befand; so nahm er seinen Vorteil wahr und entschuldigte sich laut und wortreich: er sei ohnmächtig geworden und habe sich so länger ausruhen müssen.

Doktor Walfeld war solche Unterbrechung beinahe angenehm. Er kam so aus einem nicht recht geglückten Privatverhör zur regelrechten Vernehmung der Zeugin. Aber siehe da: aus der harmlosen, gläubig aufgeschlossenen Maria war eine harte, in sich vergrabene, jedes Wort wie ein Wertstück abwägende Zweiflerin geworden. Nichts bekam der Untersuchungsrichter von ihr zu hören, nichts, was er nicht schon wußte, was auch nur das schwächste Fünkchen Licht in diese dunkle Wirrnis gebracht hätte.

Dieser Mißerfolg seiner geschmeidigen, vergeblich hart mit weich auswechselnden Inquirierkunst machte den Richter nicht freundlicher. Aber straffe Selbstzucht verbot ihm, seinen Ärger an der auszulassen, die ihm diese Niederlage bereitet hatte. Auch jetzt war er zu Maria so gleichmäßig gehalten wie am Anfang ihres Gesprächs.

* * *

Aus dem Untersuchungsgefängnis gefesselt herübergeführt, sah der Maler seine Maria auf dem Gerichtskorridor an dem hohen Fenster stehen.

»Nanu?« sagte der Gefangenenwärter, der ihn bewachte, als Stark plötzlich stehenblieb. »Was wollen Sie denn?«

Der Maler, dessen früher so blühendes Gesicht erdfahl war, holte tief Atem. »Da drüben steht meine Braut, Herr Aufseher – lassen Sie mich doch ein Wort mit ihr sprechen! Bitte!«

Der Beamte winkte ab mit seiner knochigen Hand. »Das kann ich nicht – ist gegen die Vorschrift!«

»Ach bitte, Herr Aufseher, bitte!«

»Nein, kommen Sie! Vorwärts!«

Da stand Maria vor den beiden. Und als sie den Mann in der Uniform mit ihren Madonnenaugen, die vom Schmerz verklärt noch schöner waren, ansah, da trat der brummend und scheltend beiseite und sah nicht hin, wie Stark sein Mädchen in den freien Arm nahm und küßte.

Dann war Maria wieder allein und blickte den Männern nach, die hinter der Tür zu Doktor Walfelds Zimmer verschwanden. Die Tränen rannen über das junge Gesicht, das selbst in diesem Augenblick der Erniedrigung seinen kindlichen Zauber nicht verlor.

In diesem Augenblick ging ein großer, schlanker Mann an ihr vorbei. Er lächelte ihr zu und sprach:

»Fürchten Sie sich nicht! Auch das schwerste Leid geht vorüber!«

Maria blickte auf. Sie sah in ein Gesicht, das große graue Augen hatte, die, von innerem Licht erfüllt, alles überstrahlten.

Und als sie verwirrt wieder lächelte, da blieb der Fremde stehen und verbeugte sich.

»Ich heiße von Bernewitz und bin Rechtsanwalt. Vielleicht kann ich Ihnen helfen?«

Maria nickte dankerfüllt. So wenig sie in Gerichtssachen Bescheid wußte – daß ein Angeklagter einen Rechtsanwalt, einen Verteidiger, brauchte, das wußte auch sie. Noch war ja nicht einmal Anklage in der »Mordsache Stark« erhoben. In all dem Jammer und Schmerz der fünf Tage, die seit Starks Verhaftung vergangen waren, hatte weder sie noch die Mutter an einen Anwalt gedacht. Hannes Stark mußte ja frei werden!

Als Maria an der Seite des Anwalts aus dem Altonaer Justizgebäude die Wilhelm- und die Gustavstraße hinunterging nach dem Heiligengeistfeld zu, da ward es der Blonden bewußt, daß ein guter Geist ihr den Mann zugeführt hatte, der ihrer ratlosen Seele helfen und sie stützen würde. Und im Vertrauen auf die Vorsehung, das sie durch ihr ganzes Leben begleitet hatte, nahm sie dieses Kennenlernen wie ein Geschenk des Himmels hin, für das man Dank schuldet, über das man sich aber gar nicht wundert.

Sie ahnte kaum, mit was für einem Menschen sie der gütige Zufall zusammengeführt hatte. Aldo von Bernewitz hieß bei seinen Kollegen nur »der Armenanwalt«. Und was ihm Maria auf dem weiten Weg bis zum Hamburger Rathaus – den sie ganz zu Fuß machten –, was ihm die Blonde da erzählte, erfüllte den Anwalt mit höchstem Interesse.

Das war der Fall, die große Sache, auf die er alle Zeit schon lauerte. Ein Mensch war in Not! Der rief nach ihm! Das Beil blitzte über des Unglücklichen Nacken! Tod und Schmach drohten ihm und den Seinen! Sollte er da nicht helfen?

Aber war Hannes Stark unschuldig? Eine liebende Frau glaubt noch, wenn der Verurteilte schon auf dem Schafott steht, an des Geliebten Unschuld!

Noch heute wollte Aldo von Bernewitz hin zu dem Verhafteten. Er besaß die Gabe, in den Gesichtszügen der Menschen ihren Charakter zu lesen.

Maria und er sprachen und redeten. Der weite Weg erschien den beiden zu kurz. Und als sie über den Graskeller gingen, war von Bernewitz sich klar darüber, daß er seine Kraft in eine Sache einspannte, die – wie sie immer ausgehen mochte – seiner wert war. Er war deswegen froh. Und lange, nachdem Maria ihn verlassen hatte, sah er noch ihr vor Dankbarkeit leuchtendes Gesicht.

Drittes Kapitel

Hannes Stark betrat, gefolgt von seinem Wächter, das Zimmer des Untersuchungsrichters. Der Aufseher schloß die Kette, die Starks rechte Hand fesselte, auf, hielt aber den Gefangenen an der Linken und wies ihm einen Platz auf der gelben Bank an der Wand.

Hannes Stark blieb stehen. Er wandte sich an Doktor Walfeld und sagte mit zornbebender Stimme:

»Darf ich fragen, warum ich gefesselt werde, Herr Untersuchungsrichter?«

Der hob wehrend die Hand.

»Sie haben zu warten, bis ich Sie frage. – Aber um es gleich vorwegzunehmen: Sie tragen Fesseln, weil Sie als des Raubmordes Verdächtiger auf den

Gedanken kommen könnten, zu fliehen oder womöglich sich mit Gewalt zu befreien. Im übrigen setzen Sie sich dahin!«

Doktor Walfeld wies auf den in einigem Abstand von seinem Tisch stehenden Stuhl.

»Und Sie, Herr Aufseher, bleiben neben dem Angeschuldigten! Sie stehen dafür ein, daß er keine neuen Tätlichkeiten begeht!«

Mit Augen, in denen auch der nicht Voreingenommene den Haß lodern sehen konnte, setzte sich Hannes Stark auf den angewiesenen Platz.

Der Richter blätterte in seinen Akten. Plötzlich schoß sein hartes Auge einen Blick auf den Maler.

»Haben Sie sich das überlegt, Stark, was ich Ihnen gestern gesagt habe?«

Hannes sah an dem Sprechenden vorbei und schwieg.

»Wenn Sie nicht antworten, lasse ich Sie abführen. Dann geht das Verhör morgen weiter! Ich habe Zeit! Und wenn es noch acht Tage dauert, bis Sie Ihre Schuld eingestehen!«

»Ich habe nichts einzugestehen – ich bin unschuldig.«

Der Richter nickte mehrere Male.

»So – Sie sind unschuldig? Wer könnte denn Ihrer Meinung nach als Täter in Frage kommen?«

Stark zuckte die Achseln, aber er antwortete nicht.

Doktor Walfeld wartete ein bißchen. Dann sagte er geduldig und mit ruhiger Stimme, denn er hatte sich vorgenommen, diesen störrischen Menschen durch Ausdauer und Geduld allmählich zu entwaffnen: »Sie haben neulich von einem Mann gesprochen, den Sie in dem Bestmannschen Kellerlokal kennengelernt haben und der – nach Ihrer Vorstellung! – offenbar in räuberischer Absicht einen Angriff auf den ermordeten Berwin gemacht hat.«

Der Sprechende blätterte im Protokoll.

»Hier – der Wolfank fiel über Berwin her und suchte an seine inneren Rocktaschen heranzukommen, offenbar in der Absicht, ihn zu berauben. – Haben Sie das gesagt, Stark, ja?«

Der Maler sah immer an Doktor Walfeld vorbei. In einer zitternden Wut glaubte er sich nur so gegen sein maßloses Temperament wehren zu können. Endlich sagte er:

»Wenn es so dasteht, dann werde ich es wohl gesagt haben.«

»Sie sind also noch der Ansicht, dieser Wolfank könne als Mörder Berwins in Frage kommen?«

Hannes Stark schwieg. Ihn ging dieser großkarierte Gauner gar nichts an. So lachte Stark vor sich hin. Aber dann sagte er doch:

»Der ›Engländer‹, der kann es ebensogut gewesen sein wie jeder andere.«

»So,« meinte der Richter, »das glauben Sie. Na, dann gehen Sie mal, Mahnke, und holen Sie den ›Großkarierten‹ her!«

Stark erschrak furchtbar. Seine Nerven waren so zerfasert daß ihn alles Unerwartete und Unvorhergesehene aus dem Sattel hob.

Der Justizwachtmeister verließ das Zimmer und kam bald mit dem ebenfalls, wenn auch wegen ganz anderer Dinge, in Untersuchungshaft sitzenden Hans Wolfank wieder herein, der übrigens, wie Doktor Walfeld betonte, keineswegs Wolfank hieß, wenn man seinen wahren Namen bislang auch nicht hatte ermitteln können.

»Wann sind Sie verhaftet worden?« fragte Doktor Walfeld den ›Engländer‹.

Der schickte seine hellen Raubtieraugen in die Runde. Und erst, als er nichts ihm Dienliches erspähen konnte, sagte er in wegwerfendem Ton:

»Na, das wissen Sie doch, Herr Gerichtsrat. In dieselbe Nacht, wo der da« – er zeigte auf Hannes Stark –, »den Reisenden Berwin machulle gemacht hat.«

Dem Maler war's, als dröhnte in seinem Schädel eine eherne Glocke, er faßte mit beiden Händen nach seinem Kopf und stöhnte laut.

Der ›Engländer‹ grinste frech:

»Jetzt hat er's mir wohl in die Schuhe schieben wollen, der Schlemmeier? Ja, das könnt' ihm so passen! Na, zum Glück hat mich Kommissar Reimer schon vorher geklappt! Sonst könnt' ich dafür auch noch meinen Kopp hinhalten!«

»Führen Sie den Mann wieder ab, Mahnke!« unterbrach Doktor Walfeld das Rotwelsch des Zuchthäuslers, der mit frechem Gelächter dem Justizwachtmeister folgte.

»Na also, Stark, was werden Sie nun vorbringen?« meinte der Richter, sich über den

Tisch vorbeugend und in des Malers Zügen forschend.

Stark wandte das Gesicht mit einer verächtlichen Gebärde.

Der Richter sah dieses höhnische Kopfaufwerfen wohl. Aber er nahm keine Notiz davon. Er hatte sich fest versprochen, seinen Gleichmut nicht zu verlieren. Gerade weil dieser Totschläger es darauf anlegte, ihn in Wut zu bringen, wollte Doktor Walfeld sich erst recht bezwingen. Ihn konnte niemand kontrollieren, und eben deshalb war er selbst sein eigener, sein bester Richter.

In seinen Gedankengängen wurde Doktor Walfeld unterbrochen durch ein lautes Lachen. Was fiel denn dem Menschen ein?

»Warum lachen Sie?«

Der Maler lachte noch mehr. »Weil ich,« sagte er, von einer krampfhaften Heiterkeit geschüttelt, »weil ich auf Ihrem Gesicht deutlich sehe, was Sie sich alles einbilden.«

»Was ich mir einbilde?« Doktor Walfeld wurde blaß vor Ärger.

»Ja,« lachte Stark, »Sie bilden sich ein, daß Sie mich nun gehörig 'reingelegt haben damit, daß Sie den Rowdy hier haben auftreten lassen! Aber Sie irren sich, Herr Untersuchungsrichter, Sie haben mich nicht 'reingelegt, und Sie legen mich überhaupt nicht 'rein! Sie können mir« – der Sprecher machte eine Pause – »Sie können mir gar nichts!«

Die Fäuste Doktor Walfelds krampften sich unter dem Tisch. Und mit eiskalter Stimme sagte er:

»Nicht ich, sondern Sie irren sich, Stark. Ich kann Sie disziplinarisch bestrafen. Und das werde ich tun. Ich stecke Sie drei Tage in den dunklen Keller, bei Wasser und Brot. Da können Sie dann über Ihre weiteren Ausreden nachdenken. Und im übrigen schauen Sie mich nicht so mörderisch an! Ich meine, mit der einen Bluttat könnten Sie es genug sein lassen!«

Hannes Stark sah seinen Richter noch immer an. Dann war es, als würden seine Augen dunkel. Er legte die Hände davor, große, schöne und edel geformte Hände.

Doktor Walfeld vergegenwärtigte sich die Menge der schlimmen Verdachtsgründe, die er jetzt dem Angeschuldigten aufzählte.

»Die im Schädel Ihres Opfers gefundene Revolverkugel, Kaliber neun Millimeter, paßt genau in Ihre Waffe – bis auf ein zehntel Gramm in Gewicht.«

Doktor Walfeld hielt in spitzen Fingern das deformierte Geschoß hoch.

»Ferner stammt das Geld in Ihrer Tasche, Stark, nachweislich aus der Gewinnsumme Berwins. Ihre Behauptung, der Erschossene hätte Ihnen die dreitausend Mark freiwillig gegeben, können Sie durch nichts beweisen! Im Gegenteil hat der Kriminalassistent Lüders in Bestmanns Keller gehört, wie Sie den Berwin wiederholt bedroht haben: Sie wollten sich Ihren sogenannten Anteil mit Gewalt nehmen, wenn Berwin Ihnen das Geld nicht geben würde. Oder bestreiten Sie das etwa auch?«

Der Maler blickte auf.

Er überlegte, was er antworten sollte. Er lachte nicht mehr.

»Ich bestreite überhaupt nichts, was wahr ist. Und das ist wahr: Weil Berwin mir meinen Anteil nicht geben wollte, da habe ich ihm gedroht, ich würde es mir mit Gewalt nehmen – das, was mir zukam.«

»Und was war das?« Der Richter lächelte nicht, nur in dem Ton seiner Stimme funkelte die eisige Ironie seiner Worte. »Aber,« er machte seine gewohnte Handbewegung, als finge er etwas in der Luft, »wir wollen unsere Zeit nicht verlieren! Sie, alter Freund, gehören zu der Kategorie von Übeltätern, die stets eine Ausrede bei der Hand haben. Und nun bin ich gespannt, was Sie mir als Grund für das Putzen der Waffe am Morgen nach der Mordtat angeben werden.«

Wenn Doktor Walfeld geglaubt hatte, er könne den Maler durch diese Frage in Verlegenheit bringen, so war er im Irrtum. Gleichgültig, mit halber Stimme, meinte der, daß er das ja schon dem Gendarm bei seiner Verhaftung gesagt hätte: Die Waffe war naß und schmutzig, da habe er sie, wie jeder vernünftige Mensch tut, trocken gewischt.

»Mit anderen Worten: Sie ahnten schon, daß der Verdacht, den Reisenden erschossen zu haben, auf Sie fallen würde?«

Stark sah den Richter unbefangen an. »Wieso denn auf mich? Wohl weil Sie keinen anderen bei der Hand haben, da soll ich es gewesen sein? Das ist ja lachhaft! Ich habe getan, was ich konnte! Als der Berwin, eigensinnig wie immer, in der Nebelnacht vom Weg abging, ins dichte Zeug 'rein, da wollt' ich ihm erst nach. Aber dann hätten wir uns alle beide verlaufen. Darum blieb ich auf der Straße – vielleicht war ich auch ärgerlich über den Dickkopf. Und als ich noch nachdachte – ich mußte ja vorsichtig und langsam gehen, der Nebel lag wie dicke Milch vor mir –, da knallt's in der Heide. Da wurde mir natürlich angst, und ich zog meinen Revolver. – Aber das hab' ich doch alles schon ein paarmal erzählt. Und Sie glauben mir ja doch nicht, Herr Amtsgerichtsrat.«

Doktor Walfeld hob die eine seiner immer regsamen Hände.

»Sprechen Sie ruhig weiter, Stark, ich höre gern solche packenden Geschichten!«

Der Maler wurde wieder ärgerlich.

»Es liegt mir aber gar nichts daran, Ihnen hier Geschichten aufzutischen. Ich sage es so, wie's gewesen ist.«

»Gut, also Sie zogen Ihren Revolver, Kaliber neun Millimeter, und schossen?«

»Ja, dreimal.«

»In die Luft?«

»Jawohl, in den Nebel hinein!«

»Und dann?«

»Dann? Dann ging ich los und suchte Berwin.«

»Wann war denn das? Um wieviel Uhr, meine ich.«

»Es kann um ein Uhr gewesen sein, vielleicht halb zwei.«

»Und wann waren Sie zu Hause, bei sich in Ravensbrok?«

»Um – um vier vielleicht.«

»So – um vier.« Der Richter sah über den Kopf des Beschuldigten nach der Uhr, die da oben an der weißen Wand hing. »Ja, hören Sie mal, Stark, da müssen Sie ja drei Stunden in der nassen Heide herumgewandert sein! Wem wollen Sie denn das erzählen?«

Stark sah auf. Er blickte dem Richter ins Angesicht und dachte gar nicht daran, die Augen niederzuschlagen.

»Ich erzähle Ihnen nichts, Herr Amtsgerichtsrat, ich sage nur, was wahr ist. Ich bin tatsächlich durch Nebel und Heide bis nach Ravensbrok gegangen und dann wieder zurück bis zur Bahn, und schließlich bin ich todmüde nach Hause getaumelt.«

»Getaumelt,« wiederholte der Richter, »ja, Sie sind Künstler, Stark, auch in Ihrer Ausdrucksweise. Bloß manchmal etwas unbeherrscht. Und der Bruno Berwin, der hat es nun mal bei Ihnen versehen. – Hätte der arme Kerl nicht schon einmal beinahe dran glauben müssen, als Sie ihn oben hatten in Ihrer Stube?«

Hannes Stark wurde wieder unruhig, er drehte seine breiten Schultern hin und her.

»Ja,« sagte er stockend, »ja – aber –«

Mit einer unangenehmen Freundlichkeit half Doktor Walfeld ein:

»Der Lotteriekollekteur Nathusius hat uns da mancherlei erzählt; ohne sein Dazwischentreten, meinte er, hätten Sie damals schon den armen Reisenden ins bessere Jenseits spediert!«

Hannes Stark schluckte. Er hatte seit Tagen beinahe nichts gegessen.

Aber der Maler überwand dieses würgende, atemraubende Gefühl und sagte:

»Ja, ich habe mich damals in sehr roher Weise an Berwin vergangen – das tut mir heute noch leid.«

»So – na, das ist doch etwas, was Ihnen leid tut. Vielleicht besinnen Sie sich noch auf mehr. Sie werden vermutlich noch einige Zeit bei uns bleiben und dazu Muße haben.«

»Da werde ich also noch nicht entlassen?«

»Entlassen? Ja, wie denken Sie sich denn das? Einen des meuchlerischen Raubmordes Verdächtigen, der keine Beschuldigung widerlegen kann, den wird man doch – na, wissen Sie, mein Lieber, das ist, scheint mir, eine etwas naive Auffassung!«

Dem Maler war es, als risse man ihn mit Gewalt von seinem Sitz empor! Als müsse er sich wie ein Tier auf den stürzen, der ihm mit jedem Wort seine Wunden weiter aufriß. Aber der bewaffnete Mann an seiner Seite zog die Kette, die Starks Handgelenk umschloß, instinktiv etwas an.

Stöhnend ließ sich der Angeschuldigte abführen.

Viertes Kapitel

Die Lampe über dem schmalen Tisch der Zelle 725 brannte mit schwachem Schein. Es ist eine besondere Vergünstigung, wenn es den Untersuchungsgefangenen gestattet wird, des Abends Licht zu brennen. Doch bei dem Gefangenen in Zelle 725 brannte die ganze Nacht Licht.

In der Tür dieser Zelle war auch statt des nur talergroßen »Spions« ein kleines, stark vergittertes Fenster, damit der Aufsichtsbeamte die Zelle zu jeder Zeit gut übersehen konnte.

Diese Zelle 725 lag am Ende des langen Ganges in dem zweiten Stockwerk des Gefängnisses, das die Form eines im Rechteck gerichteten Kreuzes hatte, so daß man von einer Zentrale aus die beiden sich kreuzenden Gänge im Auge behalten konnte.

Drei Stockwerke hatte der weite Bau; drei Aufseher hielten von jeder Zentrale Wacht über diese Hunderte von Gesetzesbrechern, die alle nur den einen brennenden Wunsch kennen: herauszukommen aus dieser schrecklichen Mauerenge in die Freiheit.

Alle anderen Gefangenen, wenn sie nicht gerade eine Arreststrafe abbüßten, gingen an jedem Tag, meist vor dem Essen, eine gute Viertelstunde auf dem Gefängnishof spazieren; entweder in langer Reihe, einer hinter dem anderen, ernst und schweigsam, oder doch nur ganz verstohlen flüsternd, über die öden Wege des Gefängnishofes. Die in Einzelhaft saßen, hatten in den fächerartig angeordneten Hofzellen ihren trübseligen Erholungsweg.

Der Insasse von 725 ging ganz allein. Er ging zu einer Stunde, da niemand in den Höfen war, und ein Wächter mit schußfertigem Karabiner begleitete ihn. Das aber nur, wenn sich Nummer 725 als friedfertig und nicht bösartig erwiesen hatte. Sonst konnte ihm auch diese Vergünstigung nicht gewährt werden. Wer in Zelle 725 saß, hatte aus seiner Zelle nur zwei Wege: den einen in die Freiheit, wenn die Männer auf der Geschworenenbank ihm mit ihrem »Nicht schuldig!« die Freiheit wiedergegeben hatten; und den anderen nach dem Urteil, den letzten, schweren Weg, von dem es keine Rückkehr gibt, der durch die Pforte des Todes in das Nichts führt.

Der Gefangene in Zelle 725 saß auf seiner Pritsche und blickte in die kleine, blaugelbe Flamme der Gaslampe. Er war allein und dachte an den einen Menschen, der ihm auf Erden geblieben war, auf dessen Treue er bauen durfte, wie immer sich sein Schicksal auch entschied – an seine Maria. Und dann zogen die Stunden wieder an ihm vorbei, wo das große Unheil seines Lebens begonnen hatte. Er sah die Bilder jenes Tages so greifbar deutlich. Er sah sich selbst als freien, glücklichen Menschen – ja, war er denn glücklich gewesen, damals? Ach, es waren ja erst Tage vergangen seitdem! Und doch war es dem Gefangenen in Zelle 725, als seien es Jahre.

Er schlug die Hände vors Gesicht. Vor seinem inneren Schauen glitten, wie so oft schon, die Bilder jenes schrecklichen Tages vorüber, der sein Leben zerstört, der ihn hierhergebracht hatte ...

Der zweite Tag des Jahres war es gewesen, der mit heller Sonne blinkend und blitzend heraufzog. Keine Wolke war am Himmel, als um Mittag sich der Wind plötzlich nach Südwest drehte und eine scharfe Brise mit raschen Stößen finstere Wolkenballen über den Horizont trieb. Im Nu ward aus dem schönen strahlenden Himmelsblau ein schmutziger, schwarzgrauer Schiefer. Der Wind klapperte mit den Wetterfahnen und fuhr heulend in die hohen Schornsteine der vielen alten Häuser, die noch in der Altstadt vor der Vergangenheit Hamburgs Wache hielten. Aber so plötzlich, wie er aufgewacht war, so rasch schlief der Sturm wieder ein. Nun war es, als zöge der Himmel alle Schleusen auf. Und wie im Herbst der endlos graue Regen und Nebel die Seestadt befallen, so sank jetzt eine dicht gewebte weiße Decke, der Schnee, herab.

Drei Männer, die von der Innenstadt herkamen, gerieten in das Schneeballgefecht, das gerade an der Ellerntorbrücke zwischen den von der Arbeit kommenden jungen Leuten heftig entbrannt war. Noch von den weißen Wurfgeschossen verfolgt, liefen die drei lachend über die Brücke und verschwanden in dem Kellereingang des Lokals von Bestmann, das unter dem Namen »Pannkokenkeller« in ganz Hamburg bekannt war. Plaudernd öffneten sie die gardinenverhangene Glastür des geräumigen Lokals, das im blassen Licht der hereinbrechenden Dämmerung trüb und ungastlich ausschaute – – –

Der Gefangene sah in der Erinnerung den großen, braunlockigen Menschen lachend die Treppe hinablaufen. Er sah ihn der Wirtin die Hände drücken und dann mit den beiden anderen am Tisch sitzen, an dem langen Tisch neben der Tonbank, wo nur die Freunde und Bekannten der Wirtsleute Platz fanden. Und der große, braunlockige Mensch war er selbst.

Ja, er selbst war es, Hannes Stark, der jetzt unter Mordverdacht in der Gefängniszelle saß.

»Ach, Hannes,« sagte die Wirtin, – er sah deutlich ihre kleine, zierliche Gestalt im schwarzen, enganliegenden Kleid mit der sauberen Rüsche um den noch jugendlichen Hals, – dabei griff sie nach seinen Händen, »haben Sie ihn denn nicht irgendwo gesehen, Hannes? Seit gestern ist er weg! Und was hat er schon wieder alles eingekauft. Da ...«

Sie zeigte auf die lange Bank hinter dem Ladentisch.

»Da, sehen Sie, Hannes! Sechs Dutzend Messer und Gabeln, wo ich soviel habe. Und da, ein ganzes Dutzend seidene Schürzen. Die kosten mindestens zehn Mark das Stück. Und den Sekt! Sekt! Fünfundzwanzig Flaschen. Wer trinkt denn hier Champagner? Wir haben doch gar keine Konzession. Und im Keller stehen noch zwanzig Flaschen. Sie wissen doch, Hannes, wie er das letzte mal seine Tour hatte. Igitt, igitt, igitt! Ich weiß nicht mehr, was ich tun soll!«

Eben kam der Kellner, den gelblichen Spitzkopf so merkwürdig schief auf der linken Schulter, und machte Licht. Nun traten die Gestalten und Gesichter der Gäste aus dem Helldunkel hervor: lauter Männer; eine Frau verirrte sich selten in Bestmanns Keller. Aber es waren noch nicht viel Leute da, die meisten kamen erst nach Feierabend.

Die drei Freunde tranken Kaffee. Man konnte auch Tee oder Limonade haben. Alkohol gab es in keiner Form.

»Ich mag das Zeug nicht sehen,« meinte Frau Mally Bestmann. Sie schüttelte bekümmert den Kopf und seufzte, während sie mit Hannes Stark sprach. Die beiden anderen, Arnold Müller und Bruno Berwin, redeten leise miteinander.

Der Gefangene meinte deutlich zu hören, was sie sprachen. Jetzt schüttelte der Müller seinen schwarzen Kopf und sah herüber. Es war sicherlich nichts Freundliches, was er sagte. Er ließ ja an keinem Menschen ein gutes Haar.

Und dann stand ein Mann drüben am Tisch, der aussah wie ein alter Schauspieler. Er schwenkte theatralisch seinen Schlapphut – –

Der Mann in Zelle 725 schrak zusammen. Und es war doch nur ein hauchleises Geräusch, das sein Ohr getroffen hatte: der Gefangenenaufseher war, kaum hörbar, draußen auf dem Gang vorbeigegangen. Stark stand auf. Er ging ziellos ein paarmal durch die Zelle. Dann saß er wieder auf dem Dreibein. Und der Raum veränderte sich abermals um ihn. Er war wieder in Bestmanns Keller und hörte den Mann mit dem Schlapphut sagen:

»Gott zum Gruß, meine verehrten Gönner! Ein Jünger Thalias, ein ehemaliger Mime und jetziger Bratenbarde, naht sich Ihnen untertänigst!« Er breitete die Arme aus. »Und sehet, meine Freunde, wie das Glück blüht in meinen gesegneten Händen!«

Und plötzlich hatte er beide Hände voller Lotterielose, die er scheinbar achtlos über den breiten Tisch. streute.

»Greift nur hinein ins volle Menschenleben, denn wo ihr's packt, da ist es interessant!«

Er formte die Hände wie zu einer Trompete und blies einen bekannten Schlager. Plötzlich aber, mit wahrem Grabesernst, wandte er sich an Arnold Müller, bot ihm eine Handvoll gefächerter Lose und sagte düster:

»Das Glück ist eine leichte Dirne! Greift zu, sonst ist sie plötzlich weg!«

Der Werkzeugfabrikant machte eine Bewegung, als wolle er ein lästiges Insekt verscheuchen, aber Berwin, den blonden Weinreisenden, interessierte die Sache.

»Was ist denn das für 'ne Lotterie, und was kann man da gewinnen?«

Der andere riß die Augen weit auf, sein Gesicht leuchtete förmlich, als er sagte:

»Eine halbe Million!«

Arnold Müller verzog den Mund und sagte nur ein Wort:

»Blödsinn!«

Berwin lachte. »Laß ihn doch, Arnold!«

Da zog der Loshändler einen Prospekt aus der Tasche und zeigte auf die Tausende und Hunderttausende, die da als Gewinne fettgedruckt erschienen.

»Es ist die Hamburger Klassenlotterie,« sagte er hoheitsvoll. »Unsere alte Hansastadt, die steht gut für jede Summe.« Und verbindlich fügte er hinzu: »Also ich denke, Sie fangen mit einem Achtel an!« Er fächerte wieder seine Lose. »Sie können in acht Tagen ein reicher Mann sein!«

Bruno Berwin konnte nicht widerstehen. Er suchte lange unter den Losen, dann nahm er eins, das die Nummer 21227 trug.

»Das muß ja ein Glückslos sein,« spottete Arnold Müller, »die letzte Zahl ist die Summe aus den ersten vier!«

In diesem Augenblick hatte sich Hannes Stark umgedreht – Frau Bestmann mußte gerade Kaffee einschenken –, er wollte das Los sehen, das sein Freund erstanden hatte. Und als er die merkwürdige Nummer gelesen, da hatte er auch Teilhaber am Kauf und Gewinn werden wollen.

Berwin tat die Ausgabe beinahe schon wieder leid. »Fort ist das Geld doch,« sagte er, »wenn du mit dabei bist, Stark, verliere ich bloß die Hälfte. Aber du mußt mir deinen Anteil pünktlich vor der Ziehung bezahlen, Hannes! Sonst gilt der Kauf nicht!« – – –

Der Einsame in der Zelle sah zu den starken Gittern des hochangebrachten Fensters hinauf. Ein gequältes Lachen ging über seine Züge. Ja, da hatte der Berwin recht gehabt: Hannes Stark konnte nicht wirtschaften. Geld war seinem Empfinden nach zum Ausgeben da, nicht zum Sparen. Und er hatte auch eigentlich nie Geld gehabt, sonst hätte er ja längst geheiratet. Und wie gut, daß er es nicht getan hatte! Sein Verdienst war ja immer zu unregelmäßig gewesen. Ja, und dann hatte er dem Berwin das Geld für Sonnabend versprochen und natürlich dann doch vergessen zu bezahlen. Eine Mark fünfundachtzig, das ist ja doch lächerlich! – –

Der Aufseher ging draußen vorbei. Wie die Lederpantoffel auf den Eisenplatten des Ganges klappten! Wenn man doch bloß nicht immerdaran denken müßte. Das verdammte Gefängnis!

Der Keller von Bestmann war nicht viel heller als die Zelle hier, bloß viel angenehmer.

Ja, aber an dem Abend war's da unten an der Ellerntorbrücke auch nicht gerade gemütlich gewesen.

Der gute Pip Bestmann hatte nämlich wieder einen sitzen. Frau Bestmann kam eben aus der Küche und wollte ihre Unterhaltung mit Stark fortsetzen, als der schiefköpfige Kellner schnell vom Eingang herkam und heftig atmend der Wirtin ins Ohr sagte:

»Er kommt! Er is schon da, muß jeden Augenblick hier sein!«

Und noch ehe Frau Mally etwas erwidern konnte, trat der Wirt des »Pfannkuchenkellers« ein. Er war ein nicht großer Mann, gut gekleidet, ohne Kopfbedeckung, mit offenem Mantel, so daß man den guten schwarzen Anzug und die weiße Wäsche sah. In der Rechten trug er einen Strohkorb, aus dem das Schreien eines Hahnes drang.

Ohne den Gästen die geringste Beachtung zu schenken, trat er aufs Podium, wo ein verwaistes Klavier auf die Musikanten wartete. Dort ließ sich Herr Bestmann nieder und sagte, dabei in die leere Luft starrend, ernst und würdig:

»Bringe mir meine Schürze, Mally! Ich will, wie alljährlich, den Göttern einen Hahn opfern.«

Er wandte sich an die Gäste: »Ihr wißt, daß Sokrates, der große Weise Griechenlands, das gleiche tat. Ihm als Vorbild in allen Dingen nachzuleben, ist Sinn und Ziel meines Daseins!«

Und zu seiner Frau hinblickend, befahl er nochmals: »Mally, die Schürze!«

Es war nicht ungefährlich, dem in einem Rauschzustand befindlichen Mann solchen Wunsch zu verweigern, das wußte die Frau. So ging sie in die Küche.

»Auch ein scharfes Messer!« rief er ihr nach.

Sie brachte beides, während die Gäste mit atemloser Spannung warteten. Aber als sie das Messer brachte, da schüttelte der Wirt den Kopf. Er sah in die Deckenlampe und sagte:

»Der Mond scheint zu hell, das ist zum Opfern nicht die rechte Nacht. Ich verschiebe es auf morgen.«

Dann ging er zur Tonbank und verschwand nach hinten im Küchenausgang.

Die Frau atmete auf, ihre Augen standen voll Tränen. Ein paar von den Gästen wollten lachen, aber der Schmerz der Ärmsten bannte ihre Heiterkeit.

Hannes Stark hatte die Weinende getröstet, die schluchzte:

»Er ist sonst der beste Mann von der Welt. Und dieses schreckliche Leiden, das bringt mich noch um!« – – –

Der Mann in der Zelle lachte rauh. Wer tröstete ihn? Und von seinen heißen Wünschen herbeigezogen, trat der helle Schatten Marias in die Zelle. Der Gefangene reckte die Arme, aber es war nur die kalte traurige Einsamkeit, die er an sein Herz zog.

Fünftes Kapitel

Der Rechtsanwalt von Bernewitz hatte sich bei Doktor Walfeld als Verteidiger für Hannes Stark melden lassen. Die Herren kannten sich gut, und so durfte der Untersuchungsrichter dem Anwalt rückhaltlos seine Ansicht über die Schwere der Aufgabe sagen, die sich von Bernewitz mit der Übernahme des Falles Stark gestellt hatte.

Von Bernewitz lächelte verbindlich.

»Es liegt ja in der Natur der Sache, daß der Richter und der Anwalt verschiedene Ansichten über das Maß der Schuld eines Angeklagten haben können.«

»Sie halten also Stark für nicht schuldig, Herr Rechtsanwalt?« Doktor Walfelds Stimme bekam einen kühleren Ton.

Mit einem Neigen des feinen Kopfes sagte von Bernewitz:

»Verzeihung, Herr Amtsgerichtsrat! Ich sagte ausdrücklich: das Maß der Schuld eines Angeklagten …«

»Ganz recht. Sie glauben also, um es auf unseren Fall zu übersetzen, nicht an eine beabsichtige Tötung, an einen Mord, sondern Sie vermuten eine Affekthandlung, einen Totschlag?«

Von Bernewitz hob die Achseln.

»Ich habe den Angeklagten noch nicht gesprochen, Herr Amtsgerichtsrat. Da ist es schwer, sich schon ein Urteil zu bilden. Aber, das kann ich sagen, ich würde die Verteidigung kaum übernommen haben, wenn ich nicht der Überzeugung wäre, daß hier eine irgendwie geartete Tat des Augenblicks vorliegt.«

Der Richter nickte ein paarmal vor sich hin.

»Natürlich, ich kenne Sie ja, Herr Rechtsanwalt! Sie sind ein Idealist! Auch ein bißchen Schwärmer für das Gute und Edle, das in jeder Menschenseele stecken soll. Wir Richter und Untersuchungsrichter müssen die Welt leider aus einem anderen Gesichts-punkt betrachten. Wir sehen die harten Tatsachen. Denen können wir bei unserer Beurteilung nicht ausweichen. Aber Sie wünschen meine Genehmigung zum Besuch des Stark. Die kann und will ich Ihnen nicht verweigern. Ich möchte wünschen, daß Sie auch in der Sache Stark Erfolg haben – wenn ich es auch nicht glaube!«

Von diesem Besuch war Doktor von Bernewitz nachdenklich ins Untersuchungsgefängnis gegangen und nach der notwendigen Meldung zu dem Gefangenen Hannes Stark geführt worden.

Sie waren allein in der Besuchszelle.

Von Bernewitz sah die flackernden, von einem rötlichen Schein erfüllten Augen des Malers, und er fühlte in Haltung und Sprache die Abwehr des sichtlich hochgradig nervösen Mannes. Er bat Stark, sich zu beruhigen und den Hergang der Geschehnisse mit sämtlichen Nebenumständen in aller Ruhe zu erzählen.

»Das ist sehr schwer, Herr Doktor. Ich bin unschuldig! Ich habe den Berwin nicht ermordet!«

Von Bernewitz nickte leicht.

»Da kommen wir schon noch hin, mein Lieber! Vorläufig versuchen Sie einmal, sich ein wenig zur Ruhe zu zwingen. Vielleicht, helfen Ihnen dazu die lieben Grüße, die ich Ihnen von Ihrer Braut bestellen soll!«

Starks Züge verzerrten sich krampfhaft. Seine Lippen und selbst seine Augenlider zitterten, er mußte sich auf den Schemel niederlassen.

Von Bernewitz ließ ihm Zeit. Er sagte kein Wort. Denn er fürchtete, Stark würde ihm jetzt seine Schuld eingestehen.

Aber der Maler ermannte sich rasch, ja, er sprang plötzlich auf und rief:

»Es ist eine Schmach und Schande, einen Wehrlosen so zu drangsalieren!«

Der Anwalt schüttelte leicht den Kopf.

»Sie sind im Irrtum, lieber Freund! Die Justiz tut nur ihre Schuldigkeit. Es ist ein Mord geschehen, ein todeswürdiges Verbrechen! Und der Verdacht, die Tat begangen zu haben, fällt auf Sie.«

Stark wollte von neuem aufbegehren. Aber die Stimme des Anwalts, die bei aller Gehaltenheit wie eine Stahlsaite klang, brachte ihn zum Schweigen. Und als von Bernewitz ihn so ermahnte, hatte er das peinigende Empfinden, einem keineswegs Unschuldigen gegenüberzustehen. Für Augenblicke bereute er es, die Verteidigung übernommen zu haben. Aber dann tauchte Marias schönes, in allem Schmerz blühendes Gesicht in seiner Erinnerung auf. Ihr hatte er seine Hilfe zugesagt. Und er würde sein Wort halten.

Nun war er schon eine Stunde mit Stark in der Zelle. Es war dunkel geworden. Aber ein klares Bild hatte der Anwalt aus dem Erzählen des Malers bisher nicht gewinnen können. Stark mochte das selbst fühlen. Aber statt sich die Schuld zu geben, wurde der Maler unwillig und stellte so immer stärkere Anforderungen an die Geduld des Anwalts.

Der ließ sich nicht aus der Ruhe bringen. Nur empfand er es bedauernd, daß seine Sympathie für Stark schwächer wurde. Sein Denken schlug eigene Bahnen ein, er hörte kaum mehr, was der andere in seiner heftigen, unbeherrschten Weise hervorsprudelte. Und plötzlich fragte er den Maler:

»Sie sind wohl sehr jähzornig?«

Stark blieb der Mund offen. Ihm war, als habe man ihn mit kaltem Wasser übergossen. Er fragte ganz atemlos:

»Wieso, Herr Rechtsanwalt?« Ein trockenes Schluchzen kam aus seiner Brust. »Ich war es nicht! Ich bin es nicht gewesen!«

Der Rechtsanwalt tat, als habe er den wie ein verkapptes Eingeständnis klingenden Aufschrei nicht gehört. Er meinte nur:

»Ich komme vielleicht besser morgen wieder. Wenn Sie heute so aufgeregt sind, Herr Stark —«

»Nein, nein!« rief der Maler. »Ich will ja alles tun! Ich will mich beherrschen, Herr Rechtsanwalt. Nur gehen Sie jetzt nicht fort!«

Von da an war Stark vernünftiger und schilderte zusammenhängend und anschaulich jenen Tag, der seiner Verhaftung vorausging.

»Es war am fünfzehnten Januar früh um neun Uhr. Ich stand am Fenster von Berwins Stube, und da sah ich den Händler kommen, den Nathusius, bei dem wir das Los gekauft hatten. Ich erkannte ihn sofort an seinem Schlapphut. Er hob beide Hände hoch und dienerte: ›Seid mir willkommen, edler Meister! Seid Ihr's oder seid Ihr's nicht? Wem habe ich in jener weißen Nacht im Pfannkuchenkeller von Bestmann das Lotterielos verkauft?‹

Ich horchte ins Zimmer hinein, Bruno Berwin lag auf dem Sofa und schlief. Der hatte eine feuchte Nacht hinter sich; er war erst am Morgen schwer bezecht nach Hause gekommen. Und der hat gewonnen in der Lotterie? dachte ich. Wieviel denn? Wieviel denn bloß?

»Laßt mich herein über Eure helle Schwelle. Denn sehet: Morgenstunde trägt Gold im Munde!«

Der Mensch deklamierte immer weiter, aber ich achtete nicht auf die Worte, in meinem Kopf dröhnten die Fragen wie Hammerschläge: Wieviel? Wieviel hat er gewonnen? Und wie mache ich's, daß ich die Hälfte abkriege?

Da hörte ich hinter mir den Berwin fragen:

»Was ist denn, Hannes? Ist einer da?«

»Wir haben gewonnen,« sagte ich.

Es dauerte eine ganze Zeit, bis Berwin begriff. Aber dann riß es ihn, wie an einer Kette, vom Sofa hoch. Er war erdfahl im Gesicht.

»Was? Gewonnen? Wir? ... Ich? ... Sag' doch mal rasch, Hannes, wieviel?«

Inzwischen war der Kollekteur hereingekommen. Er schwenkte wieder den Schlapphut.

»Nathusius, zu dienen! Nathusius ist mein Name! Und ich komme zu Ihnen, meine Herren, als Sendbote der Göttin Fortuna.«

»Ja, ja,« sagte ich rasch. »Ich weiß ... wir wissen schon, aber ... aber wieviel? Wieviel haben wir gewonnen?«

Da lachte der Berwin laut auf:

»Wir? Wir haben gewonnen? Na, hör' mal, du, davon ist mir nichts bekannt. Ich besitze das Los. Ich habe es bezahlt. Ich ganz allein! Ich!«

»Na, ich habe doch das Los mitgekauft,« sagte ich, und mir war ganz übel vor Angst und Aufregung. »Ich bin dir das Geld dafür noch schuldig, Bruno, selbstverständlich! Aber von dem Gewinn muß ich trotzdem die Hälfte abkriegen. Was haben wir denn gewonnen, alter Herr?«

Der Kollekteur richtete sich hoch auf. Er sagte ordentlich feierlich: »Den Hauptgewinn in der ersten Klasse der Hamburger Staatslotterie, fünfmal hunderttausend Mark!«

Als Berwin das hörte, wurde ihm übel, er stürzte hinaus. Ich mußte lachen.

»Ist es denn wirklich wahr?« fragte ich.

Nathusius nickte wie ein Heiliger: »Wahr und wahrhaftig. Ich bin hier, um Sie zu holen und Sie zu dem Inhaber der Kollekte zu bringen. Herr Stoppenschmidt, Rathausmarkt 10, erwartet Sie und wird Ihnen den Gewinn auszahlen. Das heißt, wenn ich sage: Ihnen, so meine ich selbstverständlich den Gewinner, den Inhaber des Loses 21227.«

Ich sah mich um, die Tür ging. Im Rahmen stand Berwin mit einem graugrünen Gesicht.

»Was erzählen Sie denn soviel?« sagte er zu Nathusius. »Wir wollen 'reinfahren nach Hamburg und den Gewinn abheben!«

»Ja,« nickte ich. »Wir fahren rein und kassieren die Gewinnsumme!«

»Wir?« äffte Berwin mir nach. »Wir? Wieso denn wir? Du hast doch dabei gar nichts zu suchen! Das Los gehört mir, mir ganz allein! Du hast deinen Anteil nicht bezahlt, und darum hast du auch keinen Anspruch auf den Gewinn!«

Er trat vor den Spiegel und wollte sich Kragen und Schlips umbinden. Dabei sah er mein Gesicht im Glas. Da ritt ihn der Teufel, er lachte mich noch aus.

»Ja, nicht wahr, das ist peinlich, mein guter Hannes! Aber so ist es, wenn man überall was schuldig bleibt! Mir sagst du immer, ich soll nicht soviel trinken, aber du verputzt dein Geld, wer weiß wo. Das hast du nun davon. Jetzt bin ich ein reicher Mann, und du bleibst dein Leben lang ein armer Hund!«

Der Maler schwieg. So jammervoll und blaß, wie er an jenem Morgen ausgesehen haben mußte, so schaute er jetzt wieder ins Licht. Dann fing er von neuem an, aber er redete sehr langsam:

»Was Sie schon vorhin gesagt haben, Herr Rechtsanwalt, ich bin jähzornig, jawohl, ich kenne meinen Fehler. Aber der Junge, der Berwin, hatte mich bis aufs Blut gereizt! Und wenn ich mal erst da angekommen bin, dann kenne ich mich selbst nicht mehr. Und es handelte sich doch nur um knapp zwei Mark, die ich ihm noch schuldig war für das Los. Ja, um die zwei Mark ...«

Stark stand mit bebenden Händen da. Er stierte vor sich hin. So tat er dem Anwalt leid, und der wollte ihm helfen.

»Und da haben Sie ihn geschlagen, Ihren Freund?«

»Er war längst nicht mehr mein Freund. Ein kleinlicher, jammervoller Mensch, das war er!«

»Aber jetzt ist er tot,« wandte Doktor Bernewitz ein. »Von den Toten soll man nichts Übles reden!«

Des Malers Stirn rötete sich wieder. Man sah, wie er seinen Zorn niederkämpfte. Mühsam sagte er:

»Ich habe ihn beinahe erwürgt, den Berwin. Er röchelte nur noch. Aber da ging die Tür auf, und meine Maria kam 'rein. Das war sein Glück!« Stark zuckte die Achseln. »Und meins auch! Sonst hätten sie mich schon vierzehn Tage früher eingesperrt!«

»Aber dann haben Sie sich doch wieder vertragen mit Berwin?« meinte von Bernewitz.

Stark nickte. Er sah müde und alt aus.

»Ja, leider! Ich wollte, es wäre nicht dazu gekommen! Dann wären wir nicht zusammen die Nacht durch den Wald gegangen.«

Der Rechtsanwalt meinte abermals, Stark wolle seine Tat eingestehen, und hob die Hand.

»Vorläufig sind wir noch am Tage, lieber Freund.«

Hannes Stark nickte.

»Ja, am schlimmsten Tage meines Lebens!«

Draußen kommen Schritte. Die schwere Zellentür ging auf, und ein Aufseher bat den Anwalt:

»Herr Doktor! Ihr Büro hat angeklingelt, Sie werden dringend verlangt.«

Von Bernewitz ging mit freundlichem Gruß; er käme morgen wieder.

Hannes Stark sah ihm mit einem trostlosen Lächeln nach.

Der Gefangene überlegte lange. Der Schädel tat ihm weh von dem ewigen Nachdenken. Immer wieder stellte er sich die Situationen jener Nacht vor:

Sie standen in der »Langen Reihe« vor einem Restaurant, das zu ebener Erde aus vier Fenstern blutrotes Licht auf die Straße warf. »Der Paradiesvogel« hieß es und hatte regen Betrieb. Ein paar Taxi hielten davor.

»Willst du denn da 'rein?« hatte Stark Berwin gefragt. »Wollen wir nicht doch lieber nach Hause fahren?«

Nicht aus Sorge um den Reisenden war er so vorsichtig, der Berwin war ihm gleichgültig. Aber er fürchtete, der schon halb Trunkene möchte die

Brieftasche mit dem vielen Geld loswerden. Denn Berwin hatte das Geld in zwei großen gelbledernen Brieftaschen in der Weste.

Und als Berwin nicht antwortete, hatte er nach einer Pause noch einmal gefragt:

»Könntest du mir denn wenigstens meinen Anteil jetzt ausbezahlen?«

Der Gefangene sah die Szene so deutlich, als spiegle sie sich auf der Zellenwand. Er sah den Berwin, der nach dem Tanzlokal hinlauschte und so nebenher fragte:

»Wieviel denn? Wieviel willst du denn?«

»Na, was wir ausgemacht haben – fünftausend!«

»Ach, wo haben wir denn das ausgemacht?«

»Na, in Bestmanns Keller! Du hast mir's doch versprochen!«

»Versprochen – versprochen hab' ich gar nichts! Ich hab' das Los bezahlt, und meins ist es!«

»Aber der Gewinn?«

»Der Gewinn gehört mir! Du hast gar nichts zu beanspruchen!«

Stark fühlte jetzt noch die Wut, die in ihm aufstieg bei Berwins letzten Worten.

»Na, da hat ja mein Hiersein wenig Zweck,« hatte er, Hannes Stark, gesagt, »dann müssen wir eben die Sache gerichtlich austragen. Auf Wiedersehen vor Gericht!«

Damit hatte er sich kurz umgedreht und war schnell fortgegangen.

Aber sofort war Berwin hinter ihm her.

»Hannes! Hannes! Na, so täu' doch 'n beten! Du kannst mich doch hier nicht so einfach stehenlassen – wo ich – wo der verdammte Kerl, der Wolfank, jeden Augenblick wieder da sein kann!«

Stark hatte wütend gelacht.

»Ach so, als Nachtwächter bin ich gut genug! Aber wenn ich mein Geld haben will, was ich zu beanspruchen habe –«

»Zu beanspruchen hest do gor nix –«

Stark beschleunigte seine Schritte.

»Aber ich will dir ja was geben, Hannes! Wenn wi to Huus sind.«

Der Maier lief wie gejagt, Berwin konnte ihm nicht mehr folgen.

»Was brauchst du denn – noch hundert Mark?«

Da hatte Stark einen vorbeifahrenden Taxi angerufen. Aber ehe der Wagen hielt, sagte Berwin voller Angst:

»Ich geb' dir ja – tausend will ich dir geben.«

»Her damit! – Nein, drin im Lokal sollst du's mir geben!«

Er hatte dem haltenden Chauffeur fünf Groschen in die Hand gedrückt und dann Berwin beim Arm genommen.

»Wir wollen erst mal da 'rein!«

Dann waren sie beide in das Lokal gegangen, das von einer glühenden Dämmerung erfüllt war. Eine leise Musik ertönte, die im erhellten Hintergrund des Raumes drei in spanische Stierkämpferjacken, Grün mit Gold, gesteckte Künstler machten.

Der in der Mitte saß am Flügel und spielte und sang eben:

»Ich weiß nicht, wie mir ist,
Wer mich hat geküßt –
Ob du es oder wer es sonst gewesen ist?«
—

Des Gefangenen durch tausend Ängste gereizte Phantasie zauberte ihm das Bild der bunten Nacht im »Paradiesvogel« so lebendig vor das innere Auge, daß er selbst die schmeichelnde Melodie jenes Liedes deutlich zu hören meinte. Und er dachte dabei damals wie jetzt an seine Maria, wie sie ihm überall, wo sein Gefühl berührt ward, gegenwärtig war.

Der Berwin, immer im halben Rausch, schwankte bei dem Vortrag zwischen Rührung und dummen Spott. Er klopfte mit dem Kaffeelöffel an seine Tasse. Stark verbot es ihm. Aber der Kellner hatte erst kommen müssen und es ihm untersagt.

Dann hatte Berwin, trotz Starks Abmahnen, eine Dame zum Tanz aufgefordert und gleich darauf der Länge nach am Boden gelegen. Auf der winzigen Tanzdiele sah das sehr komisch aus.

Alles lachte, und Berwin setzte sich, ärgerlich schimpfend.

Nun bestellte er Champagner und lud drei Damen ein, die allein saßen. Die kamen gern an den Tisch, und sie saßen noch gar nicht lange, als Berwin ihnen von einer Blumenhändlerin Rosen kaufte und ausführlich von seinem Gewinn sprach.

Der Maler verging vor Wut, daß er hier seine Zeit vertrödeln mußte. Er wollte nach Hause und seiner Maria von dem Geld erzählen. Aber dazu mußte er es doch haben!

Er war gewiß kein Spielverderber, aber in jener Nacht, in seiner schrecklichen Seelenspannung und voller Ärger über diesen albernen Menschen, der auch jetzt sein Versprechen nicht hielt, war er nicht mehr imstande gewesen, länger an sich zu halten.

Er war aufgestanden und hatte brüsk gesagt:

»Ich gehe, Bruno. Du bleibst wohl noch?«

Doch während er seinen Mantel anzog, sah er deutlich, wie das eine Mädchen, eine große Blondine mit einem hartkinnigen Gesicht und dreisten Augen, ihrer schwarzhaarigen Nachbarin Zeichen machte.

Die Schwarze kuschelte sich, die Begehrliche spielend, an Berwin an. Sie faßte ihn um und suchte dabei den Sitz der Brieftasche zu erkunden. Als sie das Portefeuille fühlte, meldete sie es mit triumphierendem Blick der Freundin an Berwins anderer Seite.

Stark blieb also noch, und sich zu Berwin niederbeugend, sagte er leise:

»Komm mit auf die Toilette!«

Der Reisende hatte zuerst nicht gewollt, aber seine stete Angst und Unsicherheit hatten ihn dann doch dem Freund nach hinausgetrieben.

»Du merkst wohl gar nicht, daß die Deerns da drin scharf sind auf dein Geld? Die dicke Schwarze hat's schon spitz, wo die Brieftaschen stecken.«

Berwin lachte ungläubig.

»Du willst mich bloß 'rauslotsen, Hannes! Warum gehst du denn schon? Es ist doch noch ganz früh –«

Stark zog seine Nickeluhr aus der Tasche.

»Etwas nach elf – um zwölf geht die letzte Bahn. Sonst mußt du nachher 'n Auto nehmen, und das kostet allerhand Geld!«

Berwin aber hatte nur verächtlich gelächelt. Er, der sonst, wenn er nicht etwa einen sitzen hatte, knauserig bis zur Lächerlichkeit war, war mit Alkohol im Leibe der richtige Verschwender. –

Die Hausglocke läutete draußen auf dem Gang rasch in kurzen Schlägen. Das hieß: sich niederlegen.

Der Gefangene 725 hatte mit diesem Glockenzeichen nichts zu schaffen. Für ihn galt das nicht. In seiner Zelle brannte das Licht die ganze Nacht. Die Aufseher, die spätestens alle halben Stunden durch den Spion blickten, hätten ja in der Dunkelheit sich nicht vergewissern können, ob der Gefangene 725 etwa die Finsternis dazu benutzte, sich fortzustehlen aus dieser Welt voller Angst und Jammer.

Und so zog Hannes Stark seine Kleider aus, legte sie auf den Schemel und sich selbst auf die harte Matratze, um weiter nachzudenken über sein Schicksal. –

Ja, in der Tat! Berwin hatte durchaus nicht allein fahren wollen. Hätte er es doch nur getan! Aber nein, er klebte wie eine Klette an Stark. Von Natur feig, machte ihn die große Summe, die er bei sich trug, gänzlich zum Hasenfuß.

»Bleibst du, wenn ich dir Geld gebe, Hannes?« hatte er, hin- und herschwankend, gefragt.

»Wieviel?« war Starks lakonische Antwort gewesen.

Und wieder hatte der elende Mensch gezögert, die Zahl war ihm blutsauer geworden.

»Tausend Mark.«

»Fünftausend!«

»Nein – zwei –«

»Fünftausend!«

Da hatte den Maler die Wut gepackt. Seine Gedanken waren der Zeit vorausgelaufen: er hatte sich schon mit dem Reisenden auf der Heimfahrt durch den Wald gesehen – ganz allein mit ihm in der nebligen, verschneiten Heide.

Wenn der Kerl ihm nicht freiwillig geben wollte, was Stark doch zustand – ja, schockschwerenot – er, Stark, war doch kein dummer Junge, mit dem man Fangball spielen konnte! Entweder der Berwin gab ihm, was ihm zukam, oder – sie waren ja in der Heide mutterseelenallein – da kam des Nachts kein Mensch entlang.

Nicht, daß er die Absicht gehabt hätte, dem Berwin etwas anzutun. Nur ein bißchen unter Druck hatte er ihn setzen wollen. Aber –

Der Schlüssel rasselte im Schloß. Die schwere Tür ging auf. Aufseher Liedke trat herein und hielt die helle Laterne hocherhoben.

Er sagte: »Der Gefangene Stark zur Nachtvernehmung!«

Der Maler stand auf, zog sich schnell an und sagte: »Am Tage ist wohl keine Zeit mehr, Herr Aufseher?«

Der Aufseher antwortete nicht.

Da trat der Gefangene Stark in die Zellentür, ließ sich, wie es bei ihm Vorschrift war, fesseln und folgte den beiden Beamten. Denn der zweite mit der gespannten Waffe hatte vor der Tür gewartet.

Sechstes Kapitel

Das letzte Haus auf dem Butenweg in Ravensbrok gehörte dem Werkzeugmacher Arnold Müller. Er und Amtsvorsteher Kleinert wohnten jeder in einer »Villa«, das heißt, diese »Villen« hatten das gleiche Maß an Grund und Boden, aber nicht, wie die anderen Häuser, nur eine Mansarde, sondern einen regelrechten Oberstock. Um jede dieser gelb und blau getünchten Fachwerkbauten zog sich ein Gärtchen, und über der langen Zeile der hellen Häuser und ihrer Gärten reckten fünfzigjährige Föhren ihre dunkelgrünen Wipfel in die fahle Winterluft.

Die grüne Staketentür des Müllerschen Grundstückes öffnend, trat Maria Winkel in den Garten. Das junge Mädchen kam heute nicht recht vorwärts; es war, als zögerten ihre Füße, dort einzutreten, wo sie hundertmal lachend und mit frohem Herzen hingegangen war, um ihre Freundin Alice Müller zu besuchen.

Aber das Leid heftet sich wie Blei an die Fußsohlen der Menschen. Und wenn auch kaum eine Woche vergangen war, seitdem der Gendarm Meinshausen Hannes Stark unter Mordverdacht davongeführt hatte, für Maria waren diese Tage wie ebensoviele Jahre gewesen.

Sie war in dieser Zeit zu keiner Arbeit gekommen. Sie hätte sich auch gar nicht hingetraut in die Wäschefabrik von Gebrüder Stavernaik, für die sie und ihre Mutter seit Jahren arbeiteten. Was sollte sie denn den Leuten sagen, wenn die sie nach Hannes fragten? Sie hätte sich auch nicht hierher gewagt, zu Müllers, wenn sie sich nicht von Alice die zehn Mark, die sie ihr letzthin geborgt hatte, hätte wiederholen müssen.

Mit Schrecken dachte die Blonde daran, daß sie jetzt genötigt sein würde, ihr für die Aussteuer Gespartes anzureißen! Aber vorläufig wollten sie – die Mutter und die Tochter waren eins in ihrem Denken und Fühlen – sich einschränken und möglichst wenig ausgeben. Es konnte, davon war sie überzeugt, ja doch nicht lange dauern, bis ihr Liebster wieder frei war!

So drückte Maria zaghaft auf den Klingelknopf. Sofort ging drin eine Tür, ein leiser Schritt kam durch den Flur, und Fritz, Alices Junge, stand vor Maria.

Einen Augenblick schien der Knabe nicht zu wissen, was er tun sollte. Aber dann hob er sich auf die Fußspitzen, legte seine Arme um Marias Nacken und drückte seine unschuldigen Lippen auf den roten Frauenmund.

»Es tut mir so schrecklich leid, Tante Maria,« sagte er leise, »aber das ist ja alles nicht wahr! Onkel Hannes ist es nicht gewesen!«

Da ging auch schon die Tür zur Wohnstube auf, und Müller stand im Rahmen.

»Fritz,« sagte er scharf, »Fritz, komm hierher!«

Maria war es, als stieße man ihr ein Schwert ins Herz. Aber ihre starke Seele ließ sich so leicht nicht überwinden. Das liebe Wort des guten Jungen hatte sie aufatmen lassen, nun wollte sie zeigen, daß sie an ihren Liebsten glaubte, daß sie sich nicht demütigen ließ, von niemand!

»Ah, Fräulein Winkel!« Müller dachte nicht daran, ins Zimmer zu gehen und Maria hineinzubitten. Dann, sich zu dem Kind wendend, barsch: »Geh 'nauf in deine Stube, Fritz!«

Und während der Junge mit gesenktem Kopf und mit glühenden Wangen die Holztreppe hinaufstieg – ohne es klar zu empfinden, schämte das Kind sich für seinen Vater –, kam Müller der Braut seines einstigen Freundes näher und raunte ihr zu:

»Was wollen Sie denn? Solange Ihre Sache nicht klar ist, möchte ich nicht, daß Sie Alice besuchen!«

Maria ballte die weißen Hände, ihre Stimme klang hart und fest, als sie antwortete: »Ich komme, um mir die zehn Mark zu holen, die Alice sich geborgt hat und die sie mir heute, Sonntag, wiedergeben wollte.«

Da kam ängstlich, mit zögerndem Schritt, Alice heraus. Und hinter ihr ward Martin Dummer, Müllers Geselle sichtbar. Doch der blieb bescheiden zurück. Nun schien es dem Werkzeugmacher, als müsse er Maria hereinbitten. Aber die lehnte seine Einladung mit einem einfachen: »Ich danke sehr!« ab.

Müller kratzte sich den Kopf. Und zu seiner Frau sagte er:

»Alice – Fräulein Winkel sagt, du schuldest ihr noch zehn Mark? Warum sagst du mir denn das nicht?« Er holte das Portemonnaie aus der Tasche. »Hier, bitte, Ihre zehn Mark!«

Maria nahm das Geld und wollte gehen.

Alice, die ja für ihren Mann das Geld geliehen hatte, war viel zu sehr in seinem Bann, um die Wahrheit zu sagen. Sie, die so gut schweigen konnte, kam nun an Maria heran und führte sie, ihren Arm um den Nacken der Blonden legend, flüsternd zur Tür.

Aber jetzt war sich der Geselle, der Maria sonst nur wenig kannte, klar geworden über das, was hier vorging. Von dem Totschlag, dem Bruno Berwin zum Opfer gefallen war, hatte er genug gelesen und gehört. Noch eben hatte man ja drin in der Stube beim Kaffee lang und breit darüber geredet. Arnold Müller und er waren fast aneinandergeraten deswegen.

Der Meister war durchaus von Starks Schuld überzeugt. Er erklärte das voller Eifer:

»Den Weg hatten die beiden doch zusammen gemacht, der Stark und Berwin! Sie waren zusammen in Hamburg gewesen, hatten gekneipt und sich überall herumgetrieben! Und schon in ›Bestmanns Keller‹ hat Stark den Berwin bedroht. Er wollte sich das Geld mit Gewalt nehmen, wenn ihm Berwin nicht die Hälfte vom Gewinn abgäbe! Das hat sogar der Kriminalschutzmann gehört, der auch in ›Bestmanns Keller‹ war –

Ich habe doch dabeigesessen, wie die beiden sich fast den Kopf abgerissen haben. Erst saß Stark neben Frau Bestmann, und die redete ihm gut zu. Aber der Hannes lauschte immer nach drüben, wo Berwin mit dem sogenannten ›Engländer‹ heimlich Schnaps trank. Den hatte der Bruno mitgebracht, denn bei Bestmanns gibt es keinen! Und war schon ziemlich angegangen, der gute Bruno. Und der ›Engländer‹, der wohl so ne Art Nepper oder Erpresser ist, der wollte Berwin durchaus in ein anderes Lokal verschleppen. Bloß Berwin wollte nicht. Und da hätten sich die beiden beinahe zu fassen gekriegt. Indem

kam so 'n Blumenmädel an ihren Tisch, und die flüsterte dem ›Engländer‹ etwas zu. Da konnte der gar nicht schnell genug aus dem Keller kommen. Er riß aus wie Schafleder! Und das war auch gut so! Denn fünf Minuten später war schon die Polizei da!

Der Kommissar Reimer und sein Assistent Lüders, die suchten den ›Großkarierten‹. Und dabei erfuhren sie, daß Berwin in der Lotterie gewonnen hätte. Der Bruno sagte es ihnen, und sofort sprang Stark auf und schrie:

»Das Los gehört mir auch! Wir haben Halbe-Halbe gespielt! Ich kriege die Hälfte ab!«

Natürlich brüllte der Berwin dagegen, und der lange Lüders, der Kriminalassistent, der mußte sich erst einmischen, sonst hätte Hannes den Reisenden vielleicht da schon fertiggemacht.

Und nachher – das habe ich mit meinen eigenen Ohren gehört – da sagte der Stark so halblaut zu Berwin:

»Ich will mein Geld haben, du! Meinen Anteil! Wenn du mir's nicht freiwillig gibst, dann nehm' ich mir's mit Gewalt!«

Sie haben mich doch vorgeladen auf das Stadthaus, gestern war ich da – und habe natürlich gesagt, was ich wußte –«

Der Geselle hatte dazu nur seinen großen, eckigen Kopf geschüttelt. Und wenn der Kriminale das zehnmal gehört und wenn es der Maler selbst hundertmal gesagt hätte – so sei es doch nicht wahr! Er, Martin Dummer, kannte den Stark! Er hätte ihn oft genug gehört und gesehen, um sich ein Urteil über ihn und sein Wesen zu bilden. Hannes Stark wäre kein Mörder! Wenn der sagte: Berwin habe ihm die dreitausend Mark freiwillig gegeben, die man nachher bei dem Maler gefunden hätte – er habe sie ja auch gar nicht verheimlicht – wenn der Stark das sagte, dann wär's auch so! Dann hätte sie Berwin dem Stark noch bei Lebzeiten freiwillig gegeben!

Wieso er denn zu dieser unumstößlichen Gewißheit käme? – hatte Müller den Gesellen gefragt. Aber der, ohne irgendwie an sich irre zu werden, hatte nur vor sich hingenickt und gelächelt. Und da Müller die Frage wiederholte, hatte Dummer von neuem genickt und gesagt, er habe einmal ein Jahr lang mit einem Menschen gearbeitet, der eines schönen Tages plötzlich verhaftet wurde, weil er seine Wirtin beraubt und erschlagen haben sollte. Der Mensch sei verhaftet und zum Tode verurteilt worden. Und man hätte ihn hingerichtet, wenn sich nicht im letzten Augenblick der wahre Täter verraten hätte.

Er, Dummer, wisse seitdem, wie ein schuldlos Angeklagter und beinahe unschuldig Verurteilter aussähe. Und er wisse auch, wie ein Schuldiger, ein Mörder aussähe! Auch das Gesicht könne er nicht vergessen! Noch jetzt, nach so vielen Jahren, sähe er manchmal im Traum diesen Menschen mit den hellblauen Augen, die so eiskalt blickten, und dem infamen Mund. Der Kerl habe sich hernach, kurz vor der Gerichtsverhandlung, in der Gefängniszelle mit einem Sacktuch aufgeknüpft.

Auf diese Erzählung hatte Arnold Müller nichts mehr gesagt. Fritz, der mit am Kaffeetisch saß, hatte mit leuchtenden Augen zugehört. Seine Mutter sah den Gesellen nur an. Und dieser hatte vor ihrem tiefen, nachdenklichen Blick einen ganz roten Kopf bekommen. Er fragte:

»Es ist Ihnen doch nicht unangenehm, Frau Müller, daß ich die Geschichte erzählt habe?«

»Aber nein, Herr Dummer, durchaus nicht! Ich hatte bloß Angst, daß Sie –« Alice schwieg. Und weder die Frage des Gesellen, weswegen sie Angst gehabt habe, noch das Zureden ihres Mannes konnten sie dazu bringen, den Grund ihrer Angst zu erklären.

In der Nacht darauf, als die Frau im Dunkeln neben ihrem schlafenden Mann lag, da löste sich der Bann ihrer Furcht, und erschauernd kam sie zu der Klarheit, daß einer wie Martin Dummer ihrem Leben gefehlt habe. Daß er hätte kommen müssen, um ihr Herz von seiner ewigen Scheu, von der Angst vor der Wahrheit zu erlösen. Nicht daß eine Leidenschaft für diesen kraftvollen und schwerblütigen Menschen sie befallen hätte – sie dachte und suchte heimlich nur den, der ihr das Tor ins Licht, in die Wahrheit öffnete. –

Auch über Martin Dummer kam plötzlich wieder seine Schüchternheit. Er ging sich umdrehend schnell ins Zimmer zurück.

Müller kam ihm gleich nach. Aber der Geselle wollte nicht mehr über die Mordsache reden. Er meinte nur: »Kommt Zeit, kommt Rat! Wir werden es ja erleben!«

Dabei sah er seinen Chef an, und da Müller glaubte, Dummer wollte ihn an seine Lohnschuld mahnen, so holte er seine Brieftasche hervor, kram-te lange darin herum und nahm dann einen Fünfzigmarkschein heraus.

Den schob er dem Gesellen über den Tisch hin:

»Mehr hab' ich gestern nicht aufbringen können, Dummer! Nun sind es noch hundertundfünfzig. Aber ich denke, daß es jetzt 'n bißchen besser flecken wird und daß ich Ihnen bald den Rest zahlen kann.«

Siebentes Kapitel

Es war einige Tage später. Arnold Müller und der Geselle Martin Dummer standen an der Arbeitsbank und redeten wieder einmal über die Mordsache.

Martin Dummer lehnte am Ambos. Er wog den Stahlmeisel in der Linken und stützte die Rechte auf den Feilenhammer. Seine blauen Augen, treu wie die eines gutes Hundes, schienen das böse Gezerre, das zwischen den beiden Lotteriespielern hin- und hergegangen war, gar nicht begreifen zu können.

»Aber das ist doch ganz gleich, ob der Maler die Hälfte des Lospreises gleich bezahlt hat oder später. Sie hatten's doch im Sinn, sie wollten zusammen spielen, und haben ja auch. Wie kann nur ein Mensch dem anderen sein bißchen Glück nicht gönnen – noch dazu, wo er selber reich wird! Nein, ich versteh' den Reisenden nicht, den Berwin! Der arme Kerl tut mir ja leid, daß er so früh hat ins Gras beißen müssen – aber mit dem Stark, das ist doch viel schrecklicher! Denn ich sag's nach wie vor: Stark ist unschuldig!«

Der Meister blickte seinen Gesellen an, er sah ihm tief in die graublauen ehrlichen Augen. Er sagte nichts, aber zuletzt brach er in das ihm eigentümliche dunkle, schrapende Gelächter aus, um dann plötzlich abzubrechen mit den Worten:

»Übrigens muß ich voranmachen, Dummer – ich will weg. Sind die sechs Dutzend Schlichtfeilen fertig?«

Der Geselle nickte und nahm mit beiden Händen ein Bündel fertiger, sehr feiner Stahlfeilen von der Bank. Prüfend ließ er sie durch die Hände gleiten. Aber der Meister sagte kopfschüttelnd:

»Man soll's gar nicht glauben, was Sie immer machen, Dummer! Das sind doch mindestens zweihundert Hiebe auf jeder Seite! So eine Kraft- und Zeitverschwendung! Wenn die hundertdreißig, hundertvierzig Einschnitte haben, das ist lange genug. Wir verschenken ja unsere Arbeit!«

Der andere schüttelte den vierkantigen Kopf:

»Nee, Meister, ich bin 'n Pommer. Und wenn's auch heißt, der Pommer ist im Winter noch dummer wie im Sommer: solche Kieterbietereien, die mach' ich nicht mit! 'ne Schlichtfeile hat zweihundert, auch zweihundertdreißig Striche. Dat war so, und dat bliewt so! Wenn ich nächstes Jahr vor die Lade trete und mache mein Meisterstück, dann will ich meinen Spruch ehrlich und mit gutem Gewissen sagen können und keine Freimeisterei und Mißbrauch treiben mit dem alten Handwerk – « Er bedachte sich einen Augenblick. »Ja, das will ich, Meister, aber wenn Ihnen das nicht gefällt und Sie wollen's anders, dann können wir ja Sonnabend abrechnen, und ich gehe.«

Müller horchte auf.

»Was, gehen? Warum wollen Sie denn gehen? Habe ich etwa was gesagt gegen Ihre Arbeit? Daß sie nichts taugt oder so was? – Nee, im Gegenteil, sie ist zu gut! Und dann sehen Sie mal her, Dummer, wenn Sie heute losgehen, da könnte ich Ihnen ja nicht mal Ihren Lohn auszahlen – Sie wissen doch, wie das ist.« Er hob bedauernd die Arme. »Ich hänge überall bei den Händlern. Die von mir was kriegen, sind wie der Deubel hinter der armen Seele her, und wo ich was zu fordern habe, da schlagen sie mir die Tür vor der Nase zu!«

Der Geselle winkte lachend mit der vom Eisen und Öl geschwärzten Rechten:

»Es eilt ja nicht, Meister – und was ich vorhin gesagt habe wegen Fortgehen und so, das war nicht so ernst gemeint – ich arbeite ja gern bei Ihnen –«

Müller nickte eifrig:

»Das freut mich, Dummer; Sie glauben gar nicht, wie ich mich darüber freue!«

Der Geselle wurde blutrot. Sein ehrliches Herz, so wenig er es sich selber auch eingestand, schlug heimlich und innig für die Frau mit den rotfunkelnden Haaren – ihm schien Alice Müllers bleiches Gesicht mit den blutroten Lippen wie ein Zauberbild, das ihn mit Zärtlichkeit ganz erfüllte. Müller aber kannte seinen Mann; er wußte, daß Alice der Köder war, mit dem man diesen stummen Fisch, wenn er von der Angel los wollte, immer wieder heranholen konnte.

* * *

Frau Winkel war allein im Haus. Sie ging die Treppe hinauf in das Mansardenzimmer, das Hannes Stark bewohnt hatte.

Kopfschüttelnd sah sich Frau Renate hier um. Ein Bild an der Wand, das war ja ganz hübsch, aber so viele – und die meisten hingekleckst, daß man kaum was erkennen konnte. Und so viele nackte Weiber – auch welche, wo man deutlich Maria drin erkannte –

Frau Renate, die in ihrem Herzen immer die schlesische Bäuerin geblieben war, hätte am liebsten da Ordnung geschaffen und wenigstens das »Weiberzeug« wie sie es heimlich nannte – von der Wand genommen. Bloß das getraute sie sich nicht. Aber das da oben, das mußte weg!

Die Ölskizze hing so hoch, Frau Renate war gezwungen, auf den Stuhl zu steigen. Als sie die über einen Blendrahmen gespannte Leinwand in den Händen hielt, blickte sie lange darauf hin. Sah sie wirklich so aus? – Ja, ihre Augen waren es und der Mund auch! Bloß die Nase, die war zu lang – und die großen Ohren – ja, die hatte sie – aber so deutlich hätte er es auch nicht zu malen brauchen, der Stark! Jeder will doch schließlich 'n bißchen hübscher sein, als er wirklich ist, auf dem Bild wenigstens! Na, das war nu' gleich – wenn die Polizei hier wieder herkam, dann wollte sie wenigstens hier nicht hängen. Sie war ihr Leben lang ehrlich und anständig gewesen und hatte nie etwas mit dem Gericht zu tun gehabt. Ihr war der Maler auch immer unheimlich gewesen, wenn er so schrie und tobte – was die Maria nur an ihm hatte! Sie wünschte ihm gewiß alles Gute, aber ihr Bild, das brauchte da nicht zu hängen –

So nahm Frau Renate das Bild unter die Schürze und ging schneller als sonst die steile Treppe hinab. Beinahe wäre sie ausgerutscht – das hätte noch gefehlt! Unten lief sie in die Kammer, wo ihre Lade stand, in der schon die Urgroßmutter den Brautstaat ins Haus gebracht hatte. Da tat sie das Bild hinein. Kam Stark wieder, dann konnte sie es ja herausholen und wieder oben in die Stube hängen.

Und wenn er nicht wiederkam? – Wenn er wirklich den Reisenden erschlagen hatte? – In ihrer Heimat, eine halbe Stunde ab vom Dorf, war ein sogenannter »Totschlag« gewesen. Da hatte ein Handwerksbursche seinen Wandergesellen ermordet. Den Mörder hatten sie hingerichtet. Aber an der Mordstelle im Wald lag Sommer und Winter ein hoher Reisighaufen. Und wer da vorbeikam, der brach einen Zweig vom Busch oder Baum und warf ihn auf den Haufen –

Ob sie dem Berwin auch so Zweige zum Haufen legen würden, da draußen bei Nasseeck in der Ravensbroker Heide? –

Die Tür ging, Maria kam. Aber Frau Renate, die doch sonst alles mit der Tochter besprach, sagte kein Wort von dem Bild –

Achtes Kapitel

Es war der erste schöne Tag im Jahr. Im Lenzhauch strich ein Sonnenwind durch die Gasse, in der Arnold Müller seine Feilenfabrik betrieb.

Die Fenster standen offen in dem nicht sehr großen Arbeitsraum, und die hurtigen Hammerschläge Martin Dummers hallten hinaus in die blaue Luft.

Müller trat eben aus dem kleinen Kontor. Sein spitzbärtiges dunkles Gesicht zeigte das listige Lachen, das ihm eigen war, als er zu dem Gesellen trat und ihm die Zigarrentasche mit den Worten hinhielt:

»Da, Dummerchen, nu' stecken Sie sich mal eine unter die Nase! Morgen, denk' ich, kann ich Ihnen die letzten fünfzig Mark geben – dann sind wir endlich quitt und könn' 'ne neue Rechnung aufmachen!«

»Das Geschäft geht woll jetzt besser,« lachte der Geselle, »da bin ich froh – für Sie, Meister! Denn ich komm' schon aus mit mein' Geld – aber sagen Sie mal, was is denn mit dem Maler, dem Stark? Man hört doch gar nichts von dem Prozeß?«

Arnold Müller tat einen langen Zug aus seiner Zigarre und pustete den Rauch in breiter Wolke von sich.

»Der Prozeß,« sagte er dann so gleichgültig, als hätten ihn die Beteiligten nie interessiert, »tja, das weiß ich auch nicht – und wissen Sie, lieber Dummer, ich meine, es ist am besten, wenn man seine Nase gar nicht in solche Sachen 'neinsteckt. Ich bin ja neulich auch wieder vernommen worden, vierzehn Tage können 's her sein. Sie waren damals krank an Grippe, sonst hätte ich's Ihnen sicher erzählt.«

»Na, und was war denn, Meister? Was hat denn der Stark ausgesagt, und was wollte das Gericht von Ihnen?«

»Sie sind ja ordentlich aufgeregt, Dummerchen! Was konnten sie von mir groß wollen? Ob ich gehört habe, daß der Stark den Berwin bedroht hat? – Na, das habe ich allerdings gehört, unten in ›Bestmanns Keller‹, an dem Abend vor dem Mord. – Und ob ich dem Maler die Tat zutraue, wollte der Untersuchungsrichter wissen.«

»Und was haben Sie darauf gesagt, Meister?«

»Was ich sagen mußte: Ich traue dem Stark alles Mögliche zu! Nicht, daß ich ihn gerade für 'n Meuchelmörder halte, das nicht! Aber in seiner Wut, da kennt er sich selber nicht, der Hannes. Und wenn sie da draußen nachts in der Heide zusammengeraten sind, die beiden, und war kein Mensch in der Nähe – und – die Waffe hatte der Hannes doch immer bei sich –«

Müller machte eine Pause:

»Wer weiß? Es hat ja keiner weiter zugesehen, wie die Nacht – und die war obendrein so nebelig –« Müller verzog das Gesicht, aber er lachte nicht.

Martin Dummer zweifelte:

»Ich glaub's nicht, Meister! Stark ist kein Mörder!«

»Tja!« Müller kratzte sich den Kopf, »'s kann so sein – und 's kann auch so sein – die Hand ins Feuer leg' ich für keinen!«

Der Geselle wollte erwidern, aber er überlegte sich's. Nahm den Hammer und eine neue Feile vor, als sein Meister noch sagte:

»Sitzen tut der Stark nu' schon zehn Wochen, und mich soll's bloß wundern, was dabei 'rauskommen wird. Wo soll der denn das Geld für den Rechtsanwalt hernehmen?«

Indem klopfte es an der Eingangstür.

»Nanu, wer is denn das? Etwa 'n Kunde?«

Müller ging öffnen. Dann trat er mit einem hohen, schlanken Herrn in dunklem Ulster, einem Schlapphut auf dem starken Schädel, wieder ein. Und dahinter kam im blauen Samtmantel, ein schwarzes Pelzkäppchen auf dem Haupt, Maria Winkel.

Der Geselle legte sogleich seinen Hammer hin und reichte der Blonden die Hand, die er zuvor an seiner Arbeitsschürze abwischte. Dann wandte sich Martin Dummer an den Chef:

»Soll ich solange 'nausgehen, Herr Müller?«

Der winkte:

»Ach, bewahre! Was hier gesprochen wird, können Sie ebensogut hören.« Er sah nach dem schlanken Herrn hin: »Das ist Herr Doktor von Bernewitz, Starks Rechtsanwalt, und« – nach der anderen Seite hin blickend – »Fräulein Winkel, die kennen Sie ja!«

Von Bernewitz ließ seine Augen im Zimmer umhergehen: »Sie sind Feilenhauer, Herr Müller? Welch ein interessanter Beruf! In unserer mit Fabrikation und Industrie geladenen Zeit sieht man solch urwüchsiges Handwerk kaum noch. Lohnt es denn? Ich meine, kann der Kleinbetrieb gegen die großen Firmen aufkommen?«

Müller zuckte die Achseln:

»Gott, man hat's nicht leicht heutzutage – die Konkurrenz macht einem natürlich zu schaffen – na, Sie wissen ja, Herr Rechtsanwalt, was brauch' ich da viel zu reden! Aber womit kann ich Ihnen dienen?«

Es schien, als habe der Anwalt die Frage nicht vernommen. Seine großen grauen Augen waren auf des Feilenhauers Gesicht gerichtet. Müller hielt dem Blick ruhig stand. In seinen schwarzen Lichtern flinkerte der Spott, als von Bernewitz sprach:

»Ich darf Ihnen sagen, Herr Müller, ich bin enttäuscht über Ihre Aussage, die ich im Gerichtsprotokoll gelesen habe.«

»Wieso, Herr Rechtsanwalt? Sie meinen doch den Starkschen Prozeß?«

»Allerdings. Was Sie da ausgesagt haben – Sie waren doch Freunde, Hannes Stark und Sie, soviel ich weiß.«

Müller nickte. »Was man so Freunde nennt! – Gute Bekannte ist wohl richtiger!«

Doktor Bernewitz hatte den Ulster aufgeknöpft. Nun ging der Anwalt ans Fenster, blieb dort stehen und blickte zu dem Gesellen hinüber, der leise mit Maria, redete.

Und plötzlich griffen diese merkwürdigen Augen wieder nach Müllers Antlitz. »Ich komme nicht hierher, um Sie in Ihren Aussagen irgendwie zu beeinflussen, Herr Müller. Das ist so selbstverständlich, daß ich es nicht zu betonen brauche. Aber ich möchte gern wissen, wie Sie den üblen Eindruck von dem Beschuldigten gewonnen haben, den das Protokoll Ihrer Zeugenvernehmung offenbar wiedergibt!«

Müller, der sich auf einen Schemel niedergelassen hatte, rückte mit den Schultern, als sei der Rock ihm unbequem. Endlich meinte er:

»Ich kann das auch nicht sagen, Herr Rechtsanwalt,« er stockte, »wahrscheinlich hat er sich so benommen, der Stark – er war eben immer schon ein Draufgänger.«

»Ja, aber ein Draufgänger ist doch noch kein Mörder!«

»Das nicht, aber –« Müller zuckte die Achseln.

»Also gut, lassen wir das.« Der Anwalt zog ein goldenes Zigarettenetui aus der Westentasche, bat um die Erlaubnis, rauchen zu dürfen und bot dem Meister die Dose. Der bediente sich und zündete erst Doktor Bernewitz' und dann seine Zigarette an.

»Aber sagen Sie mir eins, lieber Meister: Sie waren doch auch mit von der Partie in jener Nacht. Warum haben Sie die beiden sowieso schon aufeinander erbosten Menschen denn bloß allein gelassen?«

»Das ist ganz einfach, Herr Rechtsanwalt! Ich habe in der ›Kajüte‹ zwei alte Freunde getroffen, und mit denen bin ich weitergegangen.«

»Und Stark – und Berwin?«

»Ach, der Berwin, der wollte nicht dableiben! Da kam doch der Wolfank, den sie nachher aufgegriffen haben, der kam in die ›Kajüte‹, und da war Bruno Berwin nicht mehr zu halten. Er hatte Angst vor dem Menschen.«

»Wieso denn?«

»Das weiß ich auch nicht.«

»Hm – und ging Stark gleich mit Berwin mit?«

»Ja, Stark wollte doch seinen sogenannten Gewinnanteil haben!«

»Den er nach Ihrer Meinung eigentlich nicht zu beanspruchen hatte, Herr Müller?«

Der Meister hob wieder die offenen Hände. »Gott, das will ich nicht sagen – es bestand ja so was wie ein Abkommen zwischen den beiden.«

Der Anwalt sah auf seine langen schmalen Finger herab. »Und so sind Sie denn mit Ihren beiden Bekannten noch in der ›Kajüte‹ geblieben? – Übrigens, sagen Sie, Herr Müller, sind die beiden Männer, Ihre Freunde, auch vernommen worden?«

»Nein – die wußten ja auch nichts. Wir drei sind noch ein paar Stunden zusammen gewesen, und dann sind die beiden nach dem Bahnhof – ich glaube, sie wollten nach Hannover – und ich bin hierher in die Werkstatt. Da drin im Kontor,« er wies lachend hinüber, »steht ein Kanapee, da mach' ich mich lang, wenn ich mal 'ne Nacht in Hamburg bleibe.«

Der Anwalt hatte sein Notizbuch hervorgeholt. »Wie heißen denn die beiden, Ihre Freunde mein' ich, mit denen Sie noch zusammengeblieben sind?«

Müller stutzte. »Wieso?«

»Na, man könnte sie eventuell als Zeugen laden. Etwas werden sie ja auch beobachtet haben – und in solcher Sache ist die allergeringste Kleinigkeit wichtig!«

Müller legte die nur halb aufgerauchte Zigarette in den Aschenbecher und drückte sie mit dem Daumen aus. »Ich glaube kaum, daß Sie die beiden finden werden, Herr Rechtsanwalt. Die wollten zu Fuß weiter, über Hannover nach Bremen, und dann vielleicht nach Süddeutschland.«

Von Bernewitz nickte. »Ja, ja, ich verstehe. Aber wie sind die Namen?«

»Der eine heißt Vollmöller – Karl Vollmöller – und der andere Anton Engel – bloß, ich fürchte, Sie werden sie kaum auftreiben, Herr Rechtsanwalt.«

Bernewitz notierte die Namen und steckte, ohne zu antworten, sein Taschenbuch ein. Dann ging er in das kleine Kontor und sah sich die Schlafgelegenheit an. »'n bißchen primitiv,« lächelte er, als er aus dem Verschlag trat, »aber können Sie sich erinnern, Meister, was Sie in jener Nacht da drin auf dem Kanapee geträumt haben?«

Müller schien ärgerlich. Er antwortete nicht gleich. Und seine schwarzen Augen blickten böse, als er sagte: »Wollen Sie mich etwa hier verhören, Herr Rechtsanwalt? Wie soll ich denn, heute noch wissen, was ich damals geträumt habe!«

»Es ist ja auch nur 'ne Frage!« lächelte Bernewitz. »Man träumt, manchmal die tollsten Dinge. Ich selbst zum Beispiel, ich habe schon mehrfach von Verbrechen geträumt, die erst geraume Zeit danach begangen wurden. Aber ich will Sie nicht weiter aufhalten, Meister! Schade nur, daß wir so wenig Positives erfahren haben. Aber vielleicht fällt Ihnen noch was ein. In dem Fall bitte ich Sie, mich anzuläuten! Ich bin jederzeit für Sie zu haben. – Kommen Sie, Fräulein Winkel! Ich fahre Sie nach der Bahn! Und Sie, Herr Dummer, Sie interessieren sich ja auch für meinen Mandanten, nicht wahr? Ich bin jeden Tag in meinem Büro Große Bleichen 27 von sechzehn bis zwanzig Uhr zu sprechen.«

* * *

In dem Restaurant »Zum Senator« war trotz früher Stunde schon großer Betrieb. Doktor von Bernewitz, hier ein häufiger Gast, bekam in einer Ecknische einen guten Platz für sich und seine Begleiterin.

Maria war der Besuch solcher Lokal nichts Ungewohntes. Ihr Liebster wurde trotz seiner Armut sofort ein König, wenn er einmal einen größeren Geldbetrag für seine Arbeit hereinbekam. Dann stand für ihn – der aus vermögendem Hause stammte und in Wohlstand aufgewachsen war, bis ihn die Kunst aus der Familie und aus all ihren Verbindungen riß – jede Pforte zum Genuß offen. Leider aber fiel sie so bald wieder zu, und zwischen den Festen gab es für Stark graue Zeiten der Armut und Entbehrung.

Als Maria vor dem Anwalt an dem hohen Pfeilerspiegel des Vorraums vorbeikam, hatte sie ein rascher Blick belehrt, daß sie sich in der Öffentlichkeit neben ihrem Begleiter wohl sehen lassen konnte.

Der Anwalt beobachtete seine Nachbarin, die in ihrem Sinnen mit großen Augen, als wäre sie selbst noch ein Kind, in das Gewühl der eleganten Gaststätte blickte. Hier kannten Bernewitz viele, und manch forschender Blick flog von ihm zu seiner Begleiterin herüber. Er sah Maria an und wunderte sich über ihre heitere Sicherheit. Aber mit jedem Tag, den er das schöne Mädchen länger kannte, begriff er mehr und mehr ihre bei aller Einfalt so klare und starke Menschlichkeit. Und je mehr sie ihm – der alles andere, nur kein Schürzenjäger war – näherrückte, desto mehr nahm er sich zusammen. Er wollte sein Herz nicht an diese Frau verlieren, die so deutlich jenem anderen gehörte.

Von Bernewitz war sechsunddreißig Jahre alt. Mit sechsundzwanzig hatte er sich verheiratet, mit einem Mädchen, um das ihn jeder beneidete. Selbst der Tod! Der nahm sie ihm nach zwei Jahren urplötzlich fort. Ein Insektenstich, ein Nichts als Ursache. Blond war sie gewesen – hellblond, wie die neben ihm. Und wenngleich sonst auch nicht die geringste Ähnlichkeit zwischen den beiden war, so hatte Maria doch etwas, was sie dem Mann so über die Maßen liebenswert machte. Seine Ala war gerade so natürlich gewesen wie Maria. Das Leben mit seinen ewig wechselnden Formen erschien ihr so selbstverständlich, daß sie bei aller Herzensreinheit keine Spur von Prüderie hatte. Darin war die Verblichene Maria auch zum Erstaunen ähnlich gewesen! Die war ebenso natürlich und von einer bezwingenden Güte.

Der Kellner brachte die Suppe. Während sie aßen, betrachtete Bernewitz den Mund der Blonden. Und es war ihm, als sei es Alas Mund, den er so oft geküßt hatte. Nun riß er sich zusammen. Er wollte Marias Anwalt sein, nichts weiter!

Er legte den Löffel hin und sagte:

»Haben Sie Ihren Argwohn gegen den Feilenfabrikanten überwunden, Maria?«

Sie schüttelte den Kopf.

»Ich kann mir nicht helfen, Herr Rechtsanwalt, wenn ich den Menschen ansehe, werde ich das Mißtrauen nicht los! Er war mir schon immer unsympathisch – er hat auch Stark nie leiden können.«

»Aber Sie sehen doch ein, daß er nicht irgendwie beteiligt ist an der Tat. Er hat sich in der ›Kajüte‹ von Stark und Berwin verabschiedet. Dann ist er mit den beiden Sachsen, seinen Freunden, weitergegangen. Die sind nach Hannover oder nach Bremen gefahren – ich werde mich danach noch erkundigen –, und Müller ist in seine Werkstatt und hat da in dem kleinen Verschlag, den er sein Kontor nennt, geschlafen. Außerdem muß ich Ihnen sagen, ich halte den Mann einer solchen Tat nicht für fähig. Das ist kein Wüterich. Er ist auch nicht jähzornig. Überhaupt, glaub' ich, kein leidenschaftlicher Mensch.«

Er sah Maria bei diesen Worten die Farbe verändern. Ihr leicht bewegliches Blut kam und ging bei jeder Regung. Und auf ihrer klaren Haut zündeten eben jetzt die Empfindungen eine helle Flamme an. »Was ist denn, Maria? Sie werden ja so rot?«

Sie lachte und errötete noch mehr. »Ach, nichts! Nur eine dumme Erinnerung.«

»An wen? Etwa an den Feilenhauer?«

Maria nickte.

»Ja, warum soll ich's Ihnen nicht sagen? Der Mensch hat mich mal regelrecht überfallen, als ich allein im Haus war.«

»Ach nee!«

»Doch!« Jetzt lachte Maria ausgelassen, wie ein Backfisch. »Ich hab's ihm aber eingetränkt mit dem Waschknüppel! Es war bei uns in der Küche und ich gerade beim Wäschekochen!«

»Hatten Sie mit ihm gescherzt, ihn vielleicht ein bißchen ermutigt?«

Sie nickte. »Das ist möglich. So genau weiß das ja eine Frau nicht. Mein Hannes hat mir oft gesagt, ich bin noch wie solch Schulgör!«

»Haben Sie es denn Ihrem Bräutigam erzählt – nachher?«

»Um des Himmels willen! Der hätt' ihn kaputt geschlagen! Nein, ich kann mich schon selber meiner Haut wehren!«

»Aber seitdem haben Sie 'ne Pike auf den guten Müller?«

»Gut ist der ganz sicher nicht! Das weiß auch seine Frau. Alice kommt mir immer vor, wie das Kaninchen vor der Schlange.«

»Liebt sie denn ihren Mann nicht?«

»Sie ist ganz – na, wie soll ich sagen, ganz –«

»Hörig, meinen Sie, ja?«

»Ja, ja, das ist das Richtige! Ganz hörig ist sie ihm. Sie muß alles tun, was er will. Und tut es auch. Ob sie ihn liebt? Ich weiß nicht – das kann man schwer sagen.«

Die blauen Augen, in die der Anwalt blickte, sehen ihn jetzt gar nicht. Sie waren nach innen gekehrt und erblickten weit zurückliegende Bilder: Die im Schein der Abendsonne aufleuchtenden Reflexe auf dem rotbraunen Haar der Freundin, die in wilder Erregung und mit ihren wie aus der Asche funkelnden Augen mit zitternder Stimme rief: Nein, ich will ihn nicht mehr, Maria! – Ich will ihn nicht haben! – Geliebt hab' ich ihn nie! Er zwingt mich bloß! Und ich kann mich nicht wehren gegen ihn. – Ach, manchmal da möcht' ich, daß einer von uns beiden tot wäre!

Dieses grelle Bild aus der Seele ihrer sonst so stillen und scheuen Freundin flammte wieder aus der Erinnerung vor Maria auf. Aber sie sprach nicht davon. Es überkam sie plötzlich eine Scheu. Sie hatte aufblickend in das Gesicht des Anwalts gesehen. Und da wurde es ihr auf einmal so heiß in der Brust. – Sie hatte Angst. – Wovor? – Sie wußte es nicht.

»Sie werden am Telephon verlangt, Herr Rechtsanwalt.«

»Ich bin bald wieder hier – essen Sie inzwischen etwas, ja?«

Maria sah ihm nach und, als er ihren Blicken entschwunden war, sah sie trotzdem noch das freie, stolze Gesicht mit den leuchtenden Augen. Sie sah sich wieder voller Angst auf dem Gerichtskorridor stehen und hörte des Vorübergehenden Stimme, und hörte die Worte aus seinem Mund, die Worte: Fürchten Sie sich nicht, auch das schwerste Leid geht vorüber.

Und plötzlich kam ihr wieder der Gedanke, den Alice Müller eines Tages in ihr angeregt hatte: Hätte von Bernewitz auch so gesprochen, hätte er sie überhaupt angeredet damals, wenn sie – ihm nicht so gut gefallen hätte? Eigentlich dachte Maria: Wenn du nicht so hübsch wärest – sie lachte, das half ihr über die dummen Gedanken hinweg. Und doch durchbebte sie eine Empfindung, vor der ihre Seele die Augen schloß, die sie nicht fühlen wollte. Wieder und wieder stieg die Frage in ihr auf: Darf ich denn seine Hilfe jetzt noch annehmen? – Bezahlen mit Geld konnte sie ihn und seinen Beistand nicht. Und – und – Sie schloß die Augen, wie es Kinder im Dunkeln tun, wenn sie sich vor Dingen fürchten, die sie nicht kennen und kaum ahnen.

* * *

Die Klingel am Eingang der Feilenfabrik ging. Martin Dummer, an der Esse stehend und den kleinen Blasebalg ziehend, daß aus dem glostenden Feuer die Funken stoben, hörte das Läuten nicht. Er wurde erst aufmerksam, als der, der geklingelt hatte, in die Werkstatt trat.

Das war ein schlanker, gut gewachsener Bursche, der eine Art Jägeruniform trug: grünen Lodenrock, schwarze Reithose, blanke Stulpen und einen Hut mit Gamsbart. Aber ziemlich große, silberne Ohrringe in den beiden, oben spitzen Ohren. Dazu der kühne Schnitt des bronzefarbigen Gesichts und eine wirkliche Habichtsnase – die richtige Deubelsfratze! – dachte Martin Dummer.

Der junge Mensch wollte den Meister sprechen, Herrn Müller.

»Er muß bald kommen!« gab der Geselle dem Fremden Bescheid. Ob er warten wolle?

»Wie lange?« fragte der Jagdliche.

Dummer hob die breiten Schultern.

»Eine Stunde – vielleicht bloß eine halbe.«

Der Zigeuner – man sah ihm sein Volkstum an – zeigte das blendende Gebiß im Lachen. Und schüttelte den Kopf.

»Zu lang' – hab' kein' Zeit!«

Und ging, den Jagdhut rückend, hinaus.

Dummer wollte eben wieder zu seinen Feilen und nahm den Hammer zur Hand, da klang draußen die Glocke abermals. Aber diesmal trat jemand ein, bei dessen Anblick sich Martin Dummers grobes Gesicht verschönte.

Zuerst sprang Fritz Müller auf ihn zu und begrüßte den Gesellen freudig; aber danach kam Frau Alice in einem hellen, duftigen Kleid, das ihre schönen Beine sehen ließ.

Der Geselle sah nicht danach, sein entzückter Blick hing an dem schmalen Gesicht, das heute nicht so bleich wie sonst, einen sanftrosigen Schimmer zeigte. Dazu die dunklen Augen, das überflammte Haar unter einem breitrandigen Hut von blauer Farbe – das war zuviel für ein so braves, tieffühlendes Herz, wie es Martin Dummer besaß.

Dann kamen sie ins Plaudern. Der Geselle langsam, obwohl sein Herz danach brannte, ihr Liebes und Gutes zu sagen.

Sie, als Frau, die längst wußte, wie es um ihn stand, war gleich im freundlichen Hin und Her: Was er denn mache? Ob die Arbeit vorwärts ginge? Und womit er seine freie Zeit verbringe? Ob er denn noch immer keine gefunden, die's ihm angetan hätte?

Bei der Frage ging mit dem starken Mann eine Veränderung vor, die Frau Alice zuerst erschrecken ließ. Er sagte nichts, aber seine Augen strahlten so deutlich seine Liebe, sein ganzes Gesicht war von einer so rührenden Ergriffenheit und Anbetung, daß Alice sich Vorwürfe machte, sie hätte den Armen in Hoffnungen verlockt, die sie doch nicht erfüllen konnte. Jetzt geriet sie selbst ins Zittern. Und der Geselle sah, wie ihr glühendheiß wurde.

Wie gern hätte er sie in seine Arme geschlossen und geküßt. Um sie nie mehr von sich zu lassen!

Aber Martin Dummer war eine zu ehrliche Haut! Die Empfindungen in dieser breiten Brust waren stark und schwer. Er konnte sich nicht so leicht über Moral und Sitte hinwegsetzen. So stand er, wie vor einem schönen Blumengarten, der kein Schutzgitter hat und dessen Blühen man doch nicht antastet, weil er einem anderen zu eigen ist.

Sie standen sich gegenüber, die zwei, und redeten Belangloses, während es in ihren Herzen stürmte.

Da ging die Außentür, der Meister kam.

Er trat in die Werkstatt, sein gewohntes Lächeln um die bärtigen Lippen. Er sah wohl, was zwischen Alice und dem Gesellen vorging. Er lächelte aber, weil er sie beide in ihrer Unschuld und Ehrlichkeit kannte. Scherzte auch noch ein wenig und meinte:

»Na, so allein und so stumm?«

Der Geselle sagte tief atmend:

»Ja, es war jemand hier, Meister! Wie so 'n Zigeuner sah er aus – der hat nach Ihnen gefragt.«

»So,« sagte Müller, »wer kann denn das gewesen sein? 'n Zigeuner? Kenn' ich doch gar nicht. Was er wollte, hat er nicht gesagt?«

Dummer schüttelte den Kopf.

»Nein, Meister, – aber er kam mir wie solch Jäger vor.«

Der Fabrikant zuckte die Achseln.

»Wollte er denn wiederkommen?«

»Davon hat er nichts gesagt.«

Indem kam der Fritz aus dem Kontor. Er begrüßte den Vater und hielt ihm eine große gelblederne Brieftasche hin.

»Kann ich die haben. Vater? Sie hat unter dem Sofa gelegen!«

Müller nahm die Tasche und sagte eine Weile nichts. Dann steckte er sie in die Innentasche seines Rockes und meinte:

»Die hat wohl ein Bekannter hier neulich liegenlassen.«

Alice, die ihren Mann dabei zufällig ansah, war es, als sei er blaß geworden. Aber dann lachte er und ging in das kleine Kontor. Darin blieb er eine Weile. Als er wieder herauskam, meinte er:

»Ich muß leider gleich wieder weg. Warte nicht auf mich, Frau, ich komme heute nicht nach Hause.«

Dann war er fort.

Alice und Dummer standen verlegen nebeneinander. Und der Geselle hätte ihr so gern gesagt, wie lieb er sie habe. Aber er konnte sie nur ansehen und sie im stillen vergöttern.

Neuntes Kapitel

Kommissar Reimers saß in seinem Amtszimmer und sah in die Akte, die Assistent Lüders ihm eben gebracht hatte.

»Mir ist bei der Sache nicht recht wohl, Lüders! Im Grunde genommen liegt doch gegen den Mann gar nichts vor. Seine Zeitangaben stimmen nicht ganz. Aber alles, was wir haben, sind kommissarische Vernehmungen mit ein paar jungen Menschen, die recht unsicher aussehen. Sie haben doch mit Doktor von Bernewitz gesprochen, Lüders, wie er neulich hier war, was meinte der denn?«

Das fahle Gesicht des Kriminalassistenten war unergründlich, wie immer.

»Der Herr Rechtsanwalt meinte, wir sollten uns den Mann mal genau ansehen – er wäre wohl nicht ganz astrein, Herr Kommissar!«

»Na, hatten Sie den Eindruck, Lüders, daß sich das auf eigene Beobachtungen von Doktor Bernewitz gründet? Ich kann mir das nicht recht erklären. Bei welcher Gelegenheit will sich der Doktor denn solch Urteil gebildet haben?«

»Der Herr Rechtsanwalt hat den Müller mit Fräulein Winkel zusammen besucht.«

»Ach so, daher weht der Wind! Ja, der Verdacht, den die Winkel auf Müller hat, der ist ja nicht neu! Müller hat sich seinerzeit, wie Stark verhaftet wurde, recht ungünstig über den Maler ausgesprochen. Ich glaube, er hat ausgesagt, daß man dem Stark die Tat wohl zutrauen könnte. Und das hat natürlich Starks Braut bei den Vernehmungen zu hören gekriegt. So erklärt sich auch ihr Argwohn gegen den Feilenfabrikanten.«

Der Kommissar schwieg und schüttelte den Kopf.

»Frauenzimmer sind schlechte Kronzeugen. Wenn sie obendrein noch so interessiert an der Sache sind wie diese blonde Schönheit – nee, wirklich, Lüders, ich bin Ihnen nicht sehr dankbar für den Tip!«

»Aber verzeihen, ich mußte doch Herrn Kommissar die Meldung von Herrn Rechtsanwalt weitergeben!«

»Das mußten Sie. Aber man kann eine Sache so und so ansehen. Na, das hilft nun nichts, wir müssen den Mann jedenfalls vernehmen! Also holen Sie 'n mal 'rein!«

Der Assistent ging hinaus auf den Flur.

Dort der große Schwarze, der mit so ungeduldigen Schritten den Gang durchmaß, der war es! Lüders entsann sich seiner aus dem »Pannkokenkeller« und aus den Verhören mit Hannes Stark.

Er sprach den Daherkommenden an.

»Herr Arnold Müller, nicht wahr?«

Der andere blieb stehen.

»Ja, mein Name ist Müller – Arnold Müller. Ich bin vorgeladen für neun Uhr.« Den schwarzen Spitzbart streichend, sah er den Beamten fest an.

Auf dem Korridor hing eine große, runde Wanduhr.

Hinaufblickend meinte der Assistent: »Halb zehn schon – ja der Herr Kommissar hatte erst noch eine wichtige Vernehmung –

Der Werkzeugmacher holte seine Vorladung aus der Tasche des hellen Mantels, die ihm der Assistent abnahm. Dann ging der vor dem Fabrikanten her in des Kommissars Zimmer.

Der stand höflich auf, als Müller mit mürrischem Gruß eintrat.

»Wir sind uns ja nicht fremd, Herr Müller! Mit den Personalfragen brauchen wir uns also nicht aufzuhalten. Ja, wer hätte das gedacht, in der Nacht damals in Bestmanns Keller, daß wir uns unter solchen Umständen wiedersehen wurden.«

Der Feilenfabrikant nickte, doch er sagte nichts.

Reimer guckte plötzlich hoch und fing Müllers Blick auf. Das war ein Trick von ihm. Aber Müller ward keineswegs verlegen. Er fragte vielmehr:

»Was will denn die Polizei von mir?«

Der Kommissar nahm einen Brieföffner vom Schreibtisch und spielte damit. Er sagte liebenswürdig:

»Mein lieber Herr Müller! Ich kann Ihre Gefühle durchaus begreifen. Jeder Mensch hat ein peinliches Empfinden, wenn er vorgeladen wird von der Polizei und weiß nicht, was er da soll. Schon wenn der Briefträger die Zustellung bringt, werden die Leute nervös.«

Müller schüttelte den Kopf.

»Ich nicht, Herr Kommissar, mir ist so was gar nicht peinlich. Ich habe bloß keine Zeit. Mein Geschäft geht, Gott sei Dank, aber ich muß fortgesetzt auf den Beinen sein. So 'n Vormittag wie heute, der fehlt mir!«

»So, na denn wollen wir sehen, daß wir fertig werden.« Der Kommissar sprach plötzlich schnell und auch nicht mehr so freundlich:

»Sie waren, außer dem Maler Stark, zuletzt mit dem ermordeten Berwin zusammen?«

»Ja,« sagte Müller gleichgültig, »wir saßen in der ›Kajüte‹ auf der Reeperbahn. Und da traf ich zwei Bekannte, mit denen bin ich dann weg. Berwin und Stark, die sind noch dageblieben.«

»Das stimmt alles!« Der Kommissar stützte das Kinn auf den linken Arm. »Und – das brauche ich Ihnen ja nicht zu sagen, Herr Müller – was mich veranlaßt hat, Sie vorzuladen, das hat mit irgendwelchem Verdacht oder auch nur Argwohn nichts zu tun – nicht das mindeste!«

Müllers abweisender Gesichtsausdruck veränderte sich nicht. Der Kommissar ärgerte sich darüber.

»Aber wir dürfen in dieser sehr ernsten Angelegenheit auch nicht das geringste außer acht lassen! Wir müssen alles durchsieben und immer von neuem prüfen, ob uns nicht doch etwas entgangen ist.«

Der Beamte blätterte in dem Aktenstück.

»Sie, Herr Müller, sind in der fraglichen Nacht, in der Berwin erschossen wurde, nach Ihrer damaligen Bekundung in Hamburg geblieben. Es war zu spät geworden, um noch nach Ravensbrok hinauszufahren. Wie spät war es wohl, als Sie sich von den beiden Leuten trennten – ich meine, die Sie in der ›Kajüte‹ getroffen haben?«

Arnold Müller dachte nach.

»Soweit ich mich erinnere, muß es gegen ein Uhr gewesen sein.«

Der Kommissar sah in die Akte.

»Die beiden Männer, der Mechaniker Anton Engel und der Kellner Karl Vollmöller – wir haben sie kommissarisch vernehmen lassen –, die bekunden nun allerdings, es sei noch vor zwölf Uhr gewesen. Aber in solchen Zeitangaben kann man sich sehr leicht irren, besonders nach so langer Zeit.«

»Ja,« sagte Müller, »und das muß wohl der Fall sein, daß sie sich irren, die beiden! Denn wenn es noch vor zwölf Uhr gewesen wäre, so würde ich sicher nach Ravensbrok hinausgefahren sein.«

»Sie bleiben nicht gern in Hamburg?«

»Nö – zu Hause da habe ich mein Bett und habe meine Ordnung, und im Kontor muß ich auf dem alten Kanapee kampieren, das ist nicht gerade angenehm.«

»Kann ich verstehen!« Der Kommissar sah versonnen ins Licht. Aber plötzlich den Blick zu Müller herumwerfend:

»Nur daß Ihre Freunde alle beide die Zeit des Auseinandergehens auf zwölf Uhr angeben, das ist auffallend!«

Der Werkzeugmacher lächelte ironisch. »Wenn man etwas sucht und was finden will, dann fällt einem alles auf! Die beiden wollten in der Nacht nach ein Uhr weiterfahren; da ist es doch kaum anzunehmen, daß sie sich schon vor zwölf Uhr von mir getrennt haben. Wir waren ja ganz in der Nähe vom Hauptbahnhof, und sie hatten vielleicht zehn Minuten dahin zu gehen. – Außerdem, der Vollmöller ist immer ein Sicherheitskommissarius gewesen – um Gottes willen nur nicht zu spät kommen! Das ist seine Parole. Und da hat sich die Zeit in seinem Kopf eben verschoben.«

Reimer nickte verständnisvoll.

»Gewiß, auf die Minute kann man in der Erinnerung die Zeit nicht bestimmen! Aber da ist noch etwas –«

Er suchte den Passus im Protokoll.

»Hier!« Den Finger auf die Stelle setzend und Müller fixierend:

»Da ist die Aussage des Schaffners am Straßenbahnhof! Der Mann, er heißt Knoll, hat ausgesagt, in der Mordnacht wären nur die beiden, Berwin und Stark, zu ihm gekommen und hätten ihre Räder geholt. Der Mann kennt Sie natürlich! Und er sagt aus, Ihr Rad, Herr Müller, hätten Sie nicht bei ihm untergestellt!«

Müller lachte.

»Das stimmt aufs Haar! An dem Morgen, als ich 'reinfuhr nach Hamburg, da hab' ich mein Rad nicht auf dem Bahnhof eingestellt, sondern bei dem Gastwirt Hebenstreit, wo wir manchmal verkehrten. Das hab' ich übrigens auch vor dem Untersuchungsrichter ausgesagt. Herr Doktor Wahlfeld, glaub' ich –«

Der Kommissar sah in den Protokollen nach und fand die Eintragung. Er blickte zu Müller hinüber und meinte den Feilenfabrikanten wieder heimlich lachen zu sehen. Aber er selbst war vielleicht durch diese vergeblichen Recherchen ein wenig ungeduldig und nervös.

Müller sah nach der Uhr.

»Kann ich jetzt gehen, Herr Kommissar? Ich habe wenig Zeit!«

Reimer ärgerte sich noch mehr. Aber er konnte nichts einwenden, er mußte den Mann fortlassen. Da fiel ihm ein:

»Ist denn Ihre Frau schon mal in der Sache vernommen worden, Herr Müller? Ich meine, die erinnert sich vielleicht an manches, was Ihnen heute nicht mehr gegenwärtig ist. Zum Beispiel: Wann Sie in der fraglichen Nacht nach Hause gekommen sind?«

»Ich bin aber in der Nacht nicht zu Hause gewesen, Herr Kommissar!« Müller wurde laut und erregt. »Das wird meine Frau jederzeit bestätigen, wenn sie's nicht inzwischen vergessen hat. Denn ich schlafe öfter mal in der Stadt!«

Er hielt inne. Die starken schwarzen Brauen über den harten Augen zogen sich zusammen. Das Gesicht wurde immer finsterer, und die Lippen preßten sich aufeinander.

»Im übrigen, Herr Kommissar, bin ich etwa angeklagt wegen Mordes oder daß ich das Geld gestohlen habe?«

Reimer sah ein, er war in seinem Eifer zu weit gegangen.

»Aber ich bitte Sie, Herr Müller! Davon ist doch keine Rede! Sehen Sie die Sache doch mal richtig an! Da passiert ein Mord! Oder mindestens ein Totschlag! Wer wird verantwortlich gemacht dafür? –

Vor allen Dingen die Polizei! Wir müssen den Täter finden, und wenn er sich sonstwo versteckt hält! Ja, sind wir denn Hexenmeister? Uns bleibt doch nichts weiter übrig, als jeder, aber auch jeder Spur nachzugehen! Und tun wir das und forschen und fragen und verhören natürlich auch, dann sind die Leute beleidigt! Überlegen Sie sich doch das mal! Wir von der Polizei sind doch schließlich auch bloß Menschen!«

Müller zuckte die Achseln, er sah wieder nach der Uhr.

Reimer stand auf. Er ging mit an die Tür.

»Nichts für ungut, Herr Müller, aber ein Beamter muß vor allen Dingen seine Pflicht tun!«

Finster und böse murmelte der Fabrikant etwas in seinen schwarzen Bart, als er aus der Tür ging.

Zehntes Kapitel

Eine halbe Stunde vor Ravensbrok lag die »Bärenhöhle«, ein Sommerrestaurant, das die Hamburger, die überhaupt gern ins Freie wandern, bevorzugen. In der Woche freilich machten nur wenige den weiten Weg. Höchstens ein Liebespaar, das gern allein bleiben wollte, oder ein Einsamer, der seinen Mitmenschen am liebsten aus dem Wege ging, fand sich dann hier draußen ein.

Heute stand der Wirt der »Bärenhöhle« auf der Veranda und blickte in den hellen Tag, in den die Bäume und Sträucher ihr junges Grün reckten, als könnten sie nicht genug Licht und Sonne trinken nach den eisigen Wintertagen.

Die lange, fleischige Nase Jan Lubjanks hob sich in die warme Luft, als wittere sie etwas. Der große, schwere Mann war nicht bange, er hatte in seinem fünfzigjährigen Dasein so viel erlebt und erfahren, daß er auch dem Unerwarteten standhielt. Aber heute wartete er auf etwas oder auf jemand, der kommen sollte und nicht kam.

Er zuckte zusammen. Dicht neben ihm, an den Stufen der Verandatreppe stand, als sei er aus dem Boden gewachsen, ein Mensch. Ein brauner behender Gesell mit der Hakennase und den brennenden Augen des Zigeuners. Die kurze Pfeife im Mundwinkel, stand er unbeweglich und blickte zu dem Wirt auf, der nur mit den Augen winkte und dann schnell herunterkam und mit dem Dunkelhäutigen um das Haus herumging.

Der Hof lag still und sonnig. Eine Henne meldete mit lautem Gackern ein Ei, und der Spitzhund sprang an der Kette reißend und bellend hin und her. Aber ein scharfer Pfiff des Wirtes trieb ihn in seine Hütte.

»Hast du denn was, Mirko?«

Der Zigeuner schüttelte den schwarz glänzenden Schädel.

»Kann ich doch nicht bringen bei hellen Tag! Komm ich abends!«

»Na, was willst du denn jetzt?«

Der Zigeuner machte die Bewegung des Geldzählens.

»Geld? Du? Haha!« Der Wirt lachte. »Du bist verrückt! Stehst schon bei mir in der Kreide! Wo soll ich's denn hernehmen? Hab' selber bloß Schulden!«

Jetzt lachte der Zigeuner auch; er zeigte dabei sein weißes Wolfsgebiß.

»Brauch ich Geld für Hanka – will mich Täubchen nicht mehr küssen, wenn ich nicht bringe goldene Ring für Ohr – brauch' zwanzig Mark!«

Der Wirt griff sich an die Stirn. Der Zigeuner lachte wieder.

»Geh ich Haus weiter, du Teufel! Nimmt mir jeder ab, meine Hasen und Rehe – bunos dias!«

Und er wandte sich zum Gehen.

Da hielt ihn der Wirt am Arm.

»Wieviel sind's denn? Auch Rehe? Und wann bringst du's?«

»Wenn Sonne fort.«

»Gut – aber mehr als zehn Mark kann ich dir nicht geben!«

»Porto nigra!« murmelte der Zigeuner und ging schnell davon.

Der Wirt war gleich hinter ihm. Er hatte schon den Geldschein aus der ledernen Brieftasche genommen und drückte ihn dem Zigeuner eben in die braune Kralle, als drüben aus der Hintertür des Hauses ein Mädchen rasch heraustrat und einen leisen Pfiff ausstieß.

Der Wirt hörte und sah es. Sofort drängte er den Zigeuner in die offenstehende Stalltür.

»Auf den Futterboden, hörst du, Mirko? Pascholl!«

Wie eine Katze war der Zigeuner die Leitertreppe hinauf. »Hinterm Dach beim Nußbaum!« rief ihm der Wirt nach.

Dann trat der große Mann aus dem dämmrigen Stall in die Sonne, die den weiten Hof überflammte. Er sah drüben beim Hofausgang zwei Männer, die er auch gleich erkannte: der eine, der große mit dem Helm auf dem Kopf, das war der Ortsgendarm Meinshausen, und der andere, der Kleine, der sich auf den Krückstock stützte, der Flurwächter Meiners.

Jan Lubjank wußte recht gut, weswegen sie kamen und was sie bei ihm suchten.

Die zwischen den beiden Beamten stand, ein bildhübsches Mädchen mit langem, schwarz glänzendem Haar, im Nacken mit einer roten Schleife gebunden – die hatte es ihm verraten. Die Marilla, Mirkos Schwester, die noch viel listiger und gerissener war als der Bruder.

Durch sie hatte Jan Lubjank erfahren, daß der alte Meiners schon geraume Zeit hinter einem Wilddieb her sei; und daß der Alte und der Gendarm vermuteten, der Bärenwirt sei der Abnehmer des gestohlenen Wildes.

Jan Lubjank, der in den Wäldern seiner Masurenheimat selber so manchen Hirsch gewildert, der mehr als einmal mit den Förstern und Waldläufern aneinandergeraten war, und der seine Heimat verlassen hatte, nachdem er unter dem Verdacht, einen Jagdpächter erschossen zu haben, fast ein Jahr in Untersuchung gesessen hatte – Jan Lubjank kam eben freundlich und ruhig über den sonnigen Hof.

Die beiden Beamten traten ihm entgegen. Es sei in letzter Zeit viel gewildert worden hier in der Gegend, meinte der Gendarm, sie hätten Order, in allen Gastwirtschaften sich umzusehen und nachzuforschen nach dem Verbleib des Wildes.

Dabei gingen sie mit großen Schritten auf den Stall los, aus dessen Dunkel das tiefe Gedröhn des Viehes scholl.

Marilla war zwischen den Beamten. Und als sie den Schritt verhielt, schüttelte Meinshausen den Kopf.

»Nein, bleiben Sie man schön bei uns, Fräulein! Sie können uns besser zeigen, wo wir was finden, – der Herr Wirt, der hat am Ende schlechte Augen!«

Jan Lubjank lächelte gutmütig. Seine große Nase tanzte dabei auf und ab. Er ging mit den Beamten und Marilla, auf die er sich verlassen konnte, in den Stall.

Als sie an der Leiter standen, die zum Futterboden hinaufführte, raschelte es da oben.

»Nanu, was is'n das?« sagte Meinshausen und kletterte die Leiter hoch.

»Das war die Katze!« Jan Lubjank lächelte auch jetzt noch; wenn schon in seinem Herzen finsterer Zorn am liebsten den Beamten mitsamt der Leiter zu Boden gerissen hätte.

Der alte Meiners, der eine Flinte trug, seitdem Wilderer die Feldmark um Ravensbrok unsicher machten, behielt den Wirt und die schwarze Marilla scharf im Auge.

Da klang es oben vom Futterboden herunter:

»Komm doch mal nach baben (herauf), Fernand!«

Der Alte sah den Wirt und das Mädchen an. Durfte er die beiden allein lassen? Ja, was sollten die denn tun hier unten?

So kroch er mit seinen gichtigen Beinen die Leiter hinauf.

»Da, kiek mol,« sagte, als der Alte oben war, der Gendarm und zeigte nach dem offenen Lukenfenster, »dor is de Katt rut!«

Der alte Meiners nickte nur. Aber seine Augen drohten: Warte, du Fuchs, einmal wer'n wir dich schon kriegen!

Elftes Kapitel

Maria, wie immer hurtig und voller Eifer, eilte zur Haltestelle, wo sie den Mittagszug noch erreichen wollte. Sie war mit Rechtsanwalt von Bernewitz verabredet, er hatte ihr telephonisch bestellen lassen, er habe ihr Wichtiges mitzuteilen. So trafen sich manchmal im »Senator«. Und Maria dachte oben mit einem kleinen spitzbübischen Lächeln, daß die Mitteilung am Ende gar nicht so wichtig sein würde und daß der Anwalt nur gern einmal wieder mit ihr plaudern wolle. Auch sie war gern mit ihm zusammen, wenn es ihr auch etwas peinlich war, sich bei solchen Gelegenheiten von Herrn von Bernewitz freihalten zu lassen. Trotzdem hätte sie um keinen Preis seine Einladung abgelehnt: einmal würde ja doch etwas kommen, was Hannes Schicksal zum Guten entschied!

Ihre Gedanken flogen der Zeit voraus! Je näher sie ihrem Ziel kam, desto größer wurde ihre Ungeduld. Und schneller atmend, glaubte sie nun selber, es hätte sich in der Sache ihres Hannes Entscheidendes ereignet.

Jetzt war sie am Theater und nun in fliegender Eile vor dem Restaurant. Da verhielt sie den Schritt und atmete schwer, tausend Gedanken und Empfindungen jagten sich in Herz und Hirn. Sie hatte plötzlich wieder Angst.

Dann war sie im Lokal. Und da stand von Bernewitz schon vor ihr. Er hielt eine Zeitung in der Hand, die er Maria gab.

»Das Mittagsblatt. Da!« Er deutete auf einen Artikel mit der Überschrift »Zu der Ravensbroker Mordsache«. »Da, bitte lesen Sie!«

Marias Pulse jagten; sie hielt das Blatt ganz fest in ihren Händen und las:

»Der Rechtsanwalt Doktor von Bernewitz bittet uns in der von ihm vertretenen Ravensbroker Mordsache um Unterstützung, die wir ihm in folgendem gern gewähren: In der Mordnacht waren der getötete Bruno Berwin und der jetzt angeklagte Hannes Stark auf einer Kneiptour auch im ›Paradiesvogel‹, dem bekannten Tanzlokal in Altona.

Dort haben sich die beiden jungen Männer um die Verteilung des Lotteriegewinns lange gestritten. Und zuletzt hat der offenbar schwer umgängliche Reisende Berwin dem Maler dreitausend Mark als Anteil am Gewinn abzugeben versprochen.

Das geschah auf der Toilette des Lokals. Ein Herr, der sich dort die Hände wusch, hat diesen Streit und Berwins endliches Zustimmen mitangehört. Denn beim Verlassen des Raumes sagte er, im Hinblick auf die stattgehabte Einigung zwischen den beiden: »Na, immerhin!« Nun ist einer der strittigen Punkte in der Anklage gegen Stark der Besitz der dreitausend Mark, die nach seiner Verhaftung bei ihm gefunden wurden und die er als seinen, von Berwin freiwillig gegebenen Gewinnanteil bezeichnet. Für die gerichtliche Beurteilung des Falles ist die Bemerkung bzw. das Zeugnis jenes Unbekannten sehr wichtig. Wir bitten daher jenen Herrn, wo er sich auch aufhält, seine Adresse dem Rechtsanwalt Doktor Aldo von Bernewitz. Große Bleichen 27, so schnell als tunlich bekanntzugeben!«

Die Buchstaben auf dem Zeitungsblatt tanzten vor Marias Augen. Von Bernewitz nahm ihr die Zeitung aus der Hand und sagte leise:

»Der Mann aus dem ›Paradiesvogel‹ hat sich eben in meinem Büro gemeldet. Er will mich aufsuchen, jetzt, sofort! Kommen Sie mit, Fräulein Maria, wir fahren in mein Büro!«

Wie sie aus dem Lokal auf die Straße und in das Auto gekommen war, das wußte sie gar nicht. Bernewitz mußte ihr immer wieder Mut und Ruhe zusprechen.

Und dann waren sie in der Kanzlei des Rechtsanwalts.

Der Herr, der sich als Versicherungsinspektor Riebenstedt vorstellte, saß schon im Büro. Auch er war rot vor Aufregung. Dann gingen von Bernewitz und Maria mit ihm ins Anwaltszimmer.

»Mein Gott,« sagte Riebenstedt, »gern getan hab' ich es ja nicht und mich gemeldet! So was ist immer unangenehm! Aber was soll man machen!«

Der noch junge und recht wohlgenährte Mann rieb, im Ledersessel sitzend, die fleischigen Hände aneinander.

»Wenn ich denke, ein Mensch sitzt unter Mordverdacht und er ist vielleicht unschuldig und – und ich kann ihn retten durch meine Aussage – nein, wahrhaftig! Da kann ich nicht still sein, da muß ich reden!«

Marias Augen hingen, wie betend, an den vollen, roten Lippen des erregten Mannes. Nur Bernewitz behielt seine Ruhe. Er bat:

»Einen Augenblick, Herr Riebenstedt!«

Dabei nahm er den Hörer ab vom Haustelephon.

»Herr Munter, ja? Kommen Sie doch bitte selber zur Diktataufnahme.«

Er wandte sich an den Besucher.

»Das ist mein Bürovorsteher, ich brauche für das Protokoll einen absolut zuverlässigen Menschen.«

Maria nickte. Von Bernewitz lächelte ihr ermutigend zu.

Der Bürovorsteher kam. Bernewitz stellte ihn vor. Dann zu dem Versicherungsinspektor: »Wollen Sie uns nun bitte alles ganz ausführlich erzählen?«

Der rundliche Herr nahm Haltung an. Er sprach, als stände er schon vor den Geschworenen.

»Ich befand mich am Abend des 15. Januar mit einem Kunden, den ich am selben Tage versichert hatte, auf einer kleinen Spritztour. Sie müssen wissen, meine Herrschaften,« Herr Riebenstedt sah dabei Maria an, die ihn überhaupt zu interessieren schien, deren Namen ihm der Anwalt nicht genannt hatte, die der Versicherungsinspektor aber gleichwohl mit der Affäre in Verbindung brachte, »unser Geschäft ist ohne ein paar Tropfen Lebeöl nicht zu machen. Wir saufen nicht, aber wir trinken, in bescheidenen Grenzen natürlich! Na, und so fielen wir denn um die besagte Stunde in den ›Paradiesvogel‹ ein. Mein Kunde hatte noch einen Freund bei sich, den ich notabene auch versichern wollte. Er wollte allerdings noch nicht. Kein Baum fällt ja auf den ersten Hieb, und Rom ist auch nicht in einem Tage erbaut worden! Aber, dachte ich, warte nur, bald unterzeichnest du auch!«

Der Sprechende lächelte Maria zu.

»Ich bitte um Verzeihung, gnädige Frau! Das sind ja eigentlich alles Männer Sachen, aber sie gehören dazu!«

»Wie lange blieben Sie denn da im »Paradiesvogel«?« unterbrach von Bernewitz.

»Bis um halb elf.«

»Und da, ehe Sie fortgingen, benutzten Sie die Toilette, um sich die Hände zu waschen?«

Der Versicherungsinspektor verbeugte sich.

»Ganz recht. Ich tue das stets, ehe ich ein Lokal verlasse. Schon mein seliger Vater sagte immer: »Wasch dich, so oft du kannst, Ludwig, Sauberkeit ist's halbe Leben!« So bin ich erzogen, und ich finde —«

»Ja,« nickte der Anwalt, »was war nun aber das, was in dem kleinen Raum Ihr Interesse erregte?«

»Mein Interesse? Ach, Sie meinen das Gespräch? Ja, allerdings! Es hielten sich in dem kleinen Raum noch zwei Männer auf. Junge Leute, kann man sagen. Der eine war kleiner und blond, sogar sehr blond – und außerdem war er – na, sagen wir, er war angeheitert! Das heißt, er war voll, vollkommen gefüllt! Er schwankte, wie – wie – na, er schwankte

eben. Und trotzdem war er ganz vernünftig. Er führte sozusagen die Verhandlung mit seinem Vertragspartner. Das war der Große mit den braunen Locken. Ich habe sie ja beide ganz genau gesehen in dem Spiegel über dem Waschtisch. Sie stritten sich, und ich blieb stehen, weil mich das interessierte. Der Große sagte: ›Zehn Mille.‹ Der Kleine: ›Tausend!‹ Der Große: ›Fünf!‹ Der Kleine: ›Zweitausend!‹ Da hatten sie sich wieder in den Haaren! Aber schließlich, bei Dreitausend sagte der Kleine: ›Ja!‹ Und das war der Augenblick, wo ich das Lokal, das heißt den Waschraum verließ und sagte —«

Herr Riebenstedt erhob sich aus seinem Sessel, nahm die Brust heraus und brachte laut und vornehmlich sein Stichwort:

»Na, immerhin!«

Der Bleistift des Bürovorstehers, der jedes Wort, das Riebenstedt gesprochen, festgehalten hatte, knirschte nicht mehr. Und Maria, der sich der Versicherungsinspektor wieder und wieder zuwandte, hatte kein bebendes Herz mehr. Der Anwalt aber hatte sich erhoben. Er reichte Riebenstedt beide Hände: »Ich danke Ihnen, ich danke Ihnen von Herzen! Sie haben allen an dieser ernsten Sache Beteiligten einen großen Dienst erwiesen!«

Herr Riebenstedt ging. Er ging wie jemand, der seine Pflicht getan hat, der sich dessen aber auch bewußt ist. An der Tür, an die ihn der Anwalt begleitete, blieb er stehen.

»Werde ich denn auch vernommen, und wann wohl?«

»Wahrscheinlich sehr bald – ich tue alles, um die Vernehmung zu beschleunigen, Herr Riebenstedt!«

»Ja – jawohl, aber sagen Sie, Herr Rechtsanwalt,« die Frage wurde dem Behäbigen nicht leicht, »bin ich da, vor Gericht, bin ich da allein oder – oder werden Sie auch dabei sein?«

Von Bernewitz war ganz ernst, als er sagte: »Wenn Sie Wert auf meine Anwesenheit legen, Herr Riebenstedt, so werde ich bei Ihrer Aussage zugegen sein. Geben Sie mir nur rechtzeitig das Verhandlungsdatum bekannt!«

Der Versicherungsinspektor atmete tief auf. Und dann entfernte er sich mit Verbeugungen und mit einem letzten vollen Blick auf Maria.

Als er das Zimmer verlassen hatte, sprang sie auf und kam schnell zu Bernewitz, ihm beide Hände hinstreckend. Er nahm sie freundlich und führte die leise Schluchzende zu dem kleinen Ecksofa. Dann setzte er sich ihr gegenüber.

»Beruhigen Sie sich doch, Maria. Und denken Sie, daß wir noch nicht gesiegt haben. Die Aussage des Herrn Riebenstedt ist zwar wertvoll, aber sie ist noch kein schlüssiger Beweis für Starks Unschuld! Da müssen wir noch andere Teste beibringen – Verzeihung, ich meine unwiderlegliche Zeugenaussagen.

Mit feuchten Augen nickte Maria.

»Ja, ja, ich weiß, aber ich bin Ihnen so dankbar, Herr Doktor! Ich weiß nur nicht, wie ich das je wieder gutmachen soll. Ich besitze fünfhundert Mark, die ich mir gespart habe, und die gebe ich natürlich mit Freuden, Herr Doktor, für die Kosten –«

Er schüttelte den Kopf, und Maria sah nur das Leuchten in seinen Augen. Dann lachte er, ein bißchen müde und resigniert, wie es ihm eigen war.

»Ich nehme nie Vorschüsse auf ein Honorar, das ich später fordere. Im übrigen verlange ich entweder gar nichts oder aber ein Honorar, das Sie nicht zahlen könnten.« Er machte eine kurze Pause und lächelte wieder. »Aber jetzt, Sie kleine, tapfere Frau, ehe ich den Untersuchungsrichter aufsuche, muß ich weitere Recherchen anstellen. Über Herrn Riebenstedt, seinen Leumund, seine Wahrheitsliebe und über seine Nüchternheit an jenem Abend. Alsdann werde ich zu Herrn Doktor Wahlfeld gehen, und da ist es nicht ausgeschlossen, daß ich Ihnen die Erlaubnis mitbringe, Maria, daß Sie Ihren Bräutigam im Gefängnis besuchen dürfen.«

Während er das sagte, ging Herr von Bernewitz vor Maria her zur Tür. Dort wollte er ihr die Hand küssen. Aber der Anwalt bezwang sich. Maria war es kaum gewöhnt, daß man ihr die Hände küßte. Sie würde, wenn er es tat, darin mehr als eine Höflichkeit finden. Und das wollte dieser alles menschliche Tun symbolisch sehende Mann vermeiden.

Zwölftes Kapitel

Der Kommissar Artur Reimer war ein schmaler, fast schwächlich aussehender Mann, der gleichwohl über bedeutende Kräfte und über einen vor nichts zurückschreckenden Mut verfügte. Er saß am Tisch und schob den blonden Schnurrbart zwischen die Lippen, was er nur tat, wenn er nachdachte.

»Ich glaube, wir haben's da mit einem dreimal Gesiebten zu tun, Lüders! Dieser Jan Lubjank hat schon etwas hinter sich – vorbestraft wegen Wilderns, Mordverdacht, Bankrott und eine Unzahl von Übertretungen in seinem Betrieb als Gastwirt. Denn das war er nebenbei immer. Die Ortsbehörde in Ravensbrok hat ihn auch jetzt wieder stark im Verdacht. Allerdings scheint er nicht mehr selber jagen zu gehen. Er kauft Wild, natürlich billig! Es muß da ein Kerl sein, der so 'ne Art Tarnkappe hat. Die Förster und Flurwächter sind überall hinter ihm her, im ganzen Gebiet. Aber gefaßt oder auch nur gesehen hat ihn noch keiner. Und dabei ist der alte Meiners aus Ravensbrok mit seinen krummen Knochen der reine Gottseibeiuns für die Ströpper! Er und Gendarm Meinshausen, die haben sich's zugeschworen, sie bringen den Wilddieb zur Strecke.

Gestern hab' ich mit dem Amtsvorsteher Kleinert gesprochen. Der ist auch überzeugt, daß der Lubjank mindestens der Abnehmer für das Wild ist, wenn er nicht doch noch heimlich selber geht. Und wenn draußen in der »Bärenhöhle« was los ist, 'ne Festlichkeit oder Tanzvergnügen, dann gibt's allemal Hasen- oder Rehbraten.«

»Ja,« nickte der Assistent, »das schwarze Mädel in der Küche, mit der muß der Wirt ganz vertraut sein. Ich hab' mich schon an sie 'rangemacht – nebenbei ist sie hübscher wie die ganzen Mariells in Ravensbrok zusammengenommen! –, aber eher bringt man einen alten verstockten Ganoven zum Reden wie die kleine Schwarze da draußen.

Ich glaube übrigens, der Lubjank ist schon da. Was meinen denn Herr Kommissar, wie Sie ihn anfassen werden – der ist hart wie Eisen. Aber eher preßt man Wasser aus einem Stein, als man aus dem was 'rausbringt. Den muß man auf die feine Fahrt nehmen!«

»Ich tu' das eigentlich nicht gern,« brummte Reimer, »das Auf-den-Schmus-nehmen, das überlasse ich lieber anderen Leuten,« er sah dabei den Assistenten an, der grinste, »aber manchmal geht es nicht anders, der Lubjank ist zu gerissen. Sie müssen aus dem Zimmer, Lüders! Natürlich bleiben Sie hinter der Tür! Obgleich ich nicht glaube, daß es uns viel nützen wird. Ich wette, der Kerl lacht jetzt schon über uns. Also holen Sie ihn mal 'rein!«

»Jawohl, Herr Kommissar.«

Der Assistent marschierte hinaus auf den Flur. Da sah er schon den Wirt der »Bärenhöhle« auf der Wartebank sitzen.

Die große, füllige Gestalt bequem angelehnt und eine Ruhe und Selbstsicherheit auf dem dunklen Gesicht, als dürfe er in jedem Augenblick vor den Richter unserer Taten hintreten, wartete der Wirt lächelnd, daß er aufgerufen würde.

Nun begrüßte er den Assistenten, wie ein Wirt einen lieben Gast, mit biederem Handschlag.

Assistent Lüders, ebensolch Filou, sagte herzlich:

»Und was bringen Sie uns, Herr Lubjank?«

»Wenn Sie's nicht wissen, Herr Lüders, ich weiß es ganz sicher nicht.«

»Na, denn man 'rein ins Vergnügen!« sagte der Assistent, die Tür öffnend. Er ließ den Wirt eintreten, er selbst blieb draußen.

* * *

»Nu reden wir doch mal frei von der Leber weg, lieber Lubjank,« sagte der Kommissar. »Rauchen Sie?«

Er hielt seine Tasche dem Wirt hin, und der nahm dankend die Zigarre. Der Kommissar steckte sich selbst eine an, gab dem Wirt Feuer und meinte lächelnd:

»Sie werden mich nicht für so naiv halten, daß ich Sie hierher gebeten habe« – das Gesicht mit der großen Nase verzog sich zum Lachen, und Reimer lachte mit –, »um ein Verhör mit Ihnen anzustellen, lieber Lubjank! Sie sind ein alter Wilddieb, das wissen wir beide, und die Akten,« er klopfte auf das Faszikel, »die sagen es ebenfalls! Daß Sie damals die Sache gehabt haben mit dem Jagdpächter Heidler, das war eben Pech, und daran denkt heute keiner mehr!«

Der Wirt der »Bärenhöhle« richtete sich ein wenig gerade, sein feistes Gesicht nahm einen belustigten Ausdruck an.

»Verzeihen Sie, Herr Kommissar, wovon reden wir eigentlich? Doch wohl nicht von meiner Wenigkeit? Da sind ein paar Geldstrafen, wie sie in meinem Geschäft eigentlich unvermeidlich sind. Dann hab' ich viel Unglück gehabt in meinem Leben. In der großen Geschäftsflaute mußte ich, wie so viele andere auch, vorübergehend meinen Laden zumachen. Aber ich hab' mich wieder hochgerappelt und stehe heute als geachteter Mann da! Und was die Geschichte mit dem Jagdpächter Heidler anbetrifft, na, ich sollte meinen: wenn je ein Mensch unschuldig gebüßt und gelitten hat, dann ist es der, der hier vor Ihnen sitzt! Ich will den alten Kohl nicht wieder aufwärmen, es regt mich zu sehr auf, Herr Kommissar, und wenn Sie mir weiter nichts zu sagen haben, dann ist's am besten, ich gehe wieder! Ich habe zu tun zu Hause!«

Reimer nickte.

»Eigentlich haben Sie ja recht! Und ich hätte Sie ja deshalb auch nicht kommen lassen, wenn nicht eben jetzt wieder diese Jagdsache die Gemüter beunruhigte – «

»Und da wollen Sie mich wohl als Täter in Anspruch nehmen?« fiel der Wirt dem Kommissar ins Wort. Er lachte kurz auf: »Vielleicht verhaften Sie mich gleich!«

Reimer sah den Mann aus der »Bärenhöhle« ruhig an.

»Für so töricht müssen Sie mich nun doch nicht halten, lieber Herr! Daß Sie heute nicht mehr jagen gehen, das wissen wir. Sonst hätten die Beamten da draußen Sie längst abgefaßt.«

»Na, na, Herr Kommissar, nu' machen Sie's mann hallwege! Abgefaßt hat Jan Lubjank noch keiner! Am wenigsten der alte Gichtknoten, der Meiners.«

Der Kommissar hob die Hand.

»Sachte, sachte mit die jungen Pferde! Was Sie immer noch für 'n Temperament haben, alter Freund! Wir wollen uns doch nicht aufregen!«

Reimer steckte die Zigarre wieder an, die ihm ausgegangen war. »Was ich von Ihnen will, ist etwas ganz anderes und hat mit Ihrer Person nicht das geringste zu tun! Höchstens mit Ihrer Wohnung draußen in der Heide –«

Der Kommissar sah, wie es in den von schweren Lidern überhangenen Augen des Wirtes aufglomm. Er war also auf dem rechten Wege!

»Herr Lubjank, was sollen wir denn weiter Versteck spielen! Was ich will, ist das: Sie sollen mir helfen! Wir kommen mit der Sache Berwin nicht weiter. Der Reisende ist erschossen worden. Von wem? – Das weiß keiner. Und warum? – Wegen des Geldes, das er notorisch bei sich trug? – Wieder eine große Rätselfrage! Ich neige zu der Ansicht – nein, ich will lieber mal zuerst Ihre Meinung hören,

Herr Lubjank! Bei Ihrer Vorliebe für Wald und Wild haben Sie doch gewiß schon darüber nachgedacht?«

Der Wirt wiegte seinen dunklen Kopf und überdachte die Sache scheinbar. Schließlich ließ er sich so vernehmen:

»Ich habe auch schon darüber spintisiert, Herr Kommissar – selbstverständlich –, aber ich kenn' ja die Leute kaum – der Stark war manchmal draußen, und den Berwin, den hab' ich wohl auch mal gesehen. Ich erinner' mich an das merkwürdig helle Haar von dem jungen Menschen – aber kennen tu' ich den gar nicht. Von dem Stark hab' ich gehört, er soll sehr jähzornig sein. Irgendein Gast hat mal was davon erzählt – ja, jetzt erinner' ich mich auch, was. Stark und der andere sind zusammen angeln gewesen. Und da hat der andere – den Namen hab' ich vergessen – sich 'n Witz gemacht und hat 'n Salzhering, während der Stark sich mal umdrehte, an seine Angel gebunden. Und wie der Maler den rausgezogen hat, da ist er so wütend geworden, daß nicht viel gefehlt hat, und er hätte den anderen aus 'm Kahn ins Wasser geschmissen! Vom Ufer haben welche zugesehen und sind schon mit 'm Boot rangekommen, sonst hätte der Stark vielleicht damals schon ins Kaschott rein müssen!«

»Wollen Sie damit sagen, lieber Lubjank, daß dem Stark die Tat schon zuzutrauen wäre?«

»Wissen Sie, Herr Kommissar, ich möchte am liebsten gar nichts sagen. Wenn man's am eigenen Leibe erfahren hat, was Reden und Tratschen anrichten kann – wenn man weiß, wie leicht einer ins Schlamassel kommen kann – da wird man vorsichtig!«

Der Kommissar sagte:

»Ich habe geglaubt, Sie würden mir n' bißchen helfen, lieber Lubjank. Es sind ja schließlich dreitausend Mark Belohnung ausgesetzt und außerdem zehn Prozent der Summe, die wieder eingebracht wird!«

»Das wär' 'n schöner Brocken,« nickte der Wirt, »und weiß Gott, ich könnt's brauchen!« Er überlegte. »Im übrigen, man soll nichts verreden! Ich höre ja manches in meiner Einöde da draußen. Und das versprech' ich Ihnen, Herr Kommissar, ich will Augen und Ohren offen halten! Wer weiß, vielleicht können wir doch noch ein Geschäft zusammen machen!«

Er stand auf.

»Sonst ist doch nichts, Herr Kommissar?«

Der dachte im stillen: Lüg' du und der Deubel.

Aber laut sagte er:

»Nee, ich wüßte nicht, Herr Lubjank – übrigens, ja – Sie kennen den Feilenfabrikanten Arnold Müller?«

»Doch,« nickte der Wirt.

»Der war befreundet mit dem Erschossenen, nicht wahr?«

Der Wirt zuckte die Achseln. Er wußte nicht, wo der Kommissar hin wollte, und das hieß für ihn, noch vorsichtiger sein.

»Ich kenne Müller wenig. Er kommt sehr selten in mein Lokal – verkehrt wohl mehr in Hamburg, wo er ja auch seine Fabrik hat.«

Reimer nickte eifrig.

»Ja, ja! Es ist nur, weil er doch zuletzt mit dem Erschossenen zusammen war –«

»Pardon, Herr Kommissar, ich meine, das wär' der Maler Stark gewesen?«

»Richtig! Aber vorher in der Kneipe war doch Müller auch dabei!«

»Ja, vorher!« Der Wirt dehnte das Wort mit einem bösen Lächeln. »Vorher war Müller dabei! Aber nachher waren die beiden allein, der Berwin und Stark. Ja, und das kann dem Maler leicht den Kopf kosten! Aber die Justiz irrt sich eben auch manchmal! Wie damals, wo ich beinahe hätte dran glauben müssen, wegen dem Jagdpächter Heidler!«

»Sie haben recht, lieber Lubjank!« Der Kommissar ging zur Tür. »Sie haben ganz recht! Wir irren uns alle mal!«

In Gedanken setzte er hinzu: Auch der ist manchmal im Irrtum, der denkt, man kann ihm nichts anhaben!

Dreizehntes Kapitel

Während der Kommissar in ärgerlichem Grübeln wieder auf seinen Platz ging, läutete im Nebenraum, wo der Assistent saß, das Telephon. Und Reimer hörte ein paar aufgeregte Worte, dann erschien Lüders in der Tür und meldete:

»Amtsvorsteher Kleinert aus Ravensbrok ruft an, Herr Kommissar. Der alte Meiners hat einen Zusammenstoß mit einem Wilddieb gehabt. Beide sind verwundet. Der Wilderer ist stark blutend im Wald entkommen. Der Amtsvorsteher sagt: Die Sache ist sehr mysteriös. Herr Kommissar möchten doch, wenn es irgend Ihre Zeit erlaubt, gleich herauskommen.«

Der Kommissar stand auf. In seiner jetzigen, reichlich düsteren Stimmung hätte ihm nichts Lieberes passieren können, als dieser Aufruf zu einer Aktion, die möglicherweise mit der ihn gerade beschäftigenden Angelegenheit zusammenhing.

»Sie kommen mit, Lüders!«

»'wohl, Herr Kommissar! Das Dienstauto?«

Reimer nickte nur, er war schon ganz in die neue Aufgabe vertieft. Fünf Minuten später saßen sie im Auto, das der Kriminalassistent steuerte.

Es war ein wundervoll milder Apriltag.

Nach geraumer Zeit waren sie am Butenweg und hielten vor Kleinerts Häuschen, dessen blaue Läden alle weit offen standen.

Der Amtsvorsteher, sonst ruhig und gelassen, wartete schon voll Ungeduld auf den Kriminalbeamten.

Er bot aber doch höflich Kognak und Zigarren, ehe er berichtete.

»Heute, in der Frühe, hat der alte Flurhüter Meiners den Zusammenstoß mit dem Wilddieb gehabt, von dem ich Ihnen schon am Telephon sagte —«

Der Assistent sah den Kommissar an und fragte:

»Heute vormittag, Herr Amtsvorsteher? Wann kann das wohl gewesen sein?«

»So ungefähr um halb zehn.«

Reimer und Lüders blickten einander an. Der Kommissar fragte:

»Wo ist denn der alte Meiners?«

»Er liegt zu Hause und kühlt seine Wunden. Es ist nicht weiter schlimm, aber ein paar Schrote haben ihn doch gefaßt, am Arm und im Rücken. Glücklicherweise hatte er den Rucksack auf dem Buckel und darin eine Pelzweste, weil er manchmal ansitzt und dann leicht kalt wird. Wenn das nicht war, so war' er wohl nicht so davongekommen.«

»Und wer hat ihn angeschossen?«

»Ein Zigeuner, sagt er. Aber ich denke, der alte Mann kann sich da auch irren. Solche Halunken machen sich manchmal das Gesicht schwarz oder färben sich mit Nußsaft. Aber die Sache muß ganz dramatisch gewesen sein. Der Alte ist schon seit geraumer Zeit hinter dem Wilddieb her. Und heute früh, wo er schon fertig ist mit seiner Streife und nach Hause will, da findet er auf dem Sandweg wieder die Spur von dem Kerl, die er sich natürlich genau eingeprägt hat. Der linke Fuß tritt etwas nach auswärts. Ein anderer würde das kaum sehen, aber der Alte hat trotz seiner Jahre noch wahre Falkenaugen! Also nun gab's für ihn kein Ausruhen, kein Nachhausegehen mehr! Er schleicht wie solch' alter Wildkater, und wie er an eine Blöße kommt, da sieht er durch die letzten Tannen: der Mensch ist gerade dabei, ein Reh aufzubrechen.

Der Alte steht baumstill und sieht sich nach einer guten Deckung um. Da, fünf Schritt vor ihm, die hundertjährige Eiche! Da haut keine Kugel durch! Und wahrhaftig, er kriegt's fertig und kommt unhörbar 'rüber hinter die Eiche!

Aber beim letzten Schritt muß er falsch getreten haben. Wie der Alte hochatmend hinter dem Baum steht, ist der Wilderer verschwunden! Dreißig Schritt gegenüber von Meiners ist ein Fichtenhorst, noch jung, vielleicht zehnjährig, da drin muß er stecken!

Der Alte bohrt seine krallen, blauen Augen in das Nadelgewirr. Das ist zu dicht, er sieht nichts! Der Kerl steckt drin! Aber zu sehen ist er nicht.

Da kommt dem Alten eine Idee! Er nimmt seinen regenverwaschenen Filz vom Schädel und steckt ihn auf seinen Krückstock. Und dann hält er den Stock mit dem Hut genau in seiner Kopfhöhe etwas über den Rand der dicken Eiche hinaus. Der Baum hatte viel jungen Ausschlag, der drüben konnte wohl den alten Hut sehen; ob ein Gesicht darunter war, das sah er nicht, aber er glaubte es!

Und kaum guckte der Hut hervor, so knallte es drüben! Prompt sackte der Alte aufkrächzend hinter dem Baum zusammen. Aber unhörbar war er im nächsten Augenblick wieder auf den Läufen! Und wartete —

Der Strößper ließ sich Zeit. Mißtrauisch wie der Wolf, mit dem er Ähnlichkeit hatte, lauerte er eine Zeitlang. Dann richtete er, das Gewehr schußfertig an die Schulter gesetzt, sich auf und trat aus dem Tannicht.

Der Alte, doch schon ein bißchen steif in den Knochen, mußte, um zu schießen, hinter der Eiche hervor. Und er tat's! Er hatte den Löwenmut, der dazu gehört!

Er sprang vor, schoß und warf sich mit dem Gesicht nach unten zu Boden. Das hatte er gut überlegt. Aber er war doch nicht schnell genug! Der Wilderer kriegte den ersten Schuß aus des Alten Flinte, das konnte man an dem vielen Blut sehen, das er verloren hat, aber er besaß trotzdem noch die Kraft, auf den Alten zu schießen und davonzulaufen. Vielleicht hätte man ihn eingeholt, wenn jemand dagewesen wäre, der ihn verfolgt hätte. Aber Meiners war dazu nicht imstande. Er glaubte anfangs, es war' sein Ende. Aber dann bewegte er sich, und als das einigermaßen ging, da rappelte er sich hoch und kroch bis an den Weg. Da lag er noch 'ne Stunde oder zwei, und dann kam der Ravensbroker Schlächter. Der lud ihn auf und fuhr ihn heim. Nun sitzt seine Tochter bei ihm und muß ihn mit Gewalt festhalten, der alte Feuerbrand will doch nicht im Bett bleiben!«

»Und den Wilddieb hat man nicht gefunden?«

»Nein, ich sagte Ihnen ja schon, Herr Kommissar, wir haben nicht mal eine Vermutung, wer er ist!«

Reimer wandte sich an seinen Assistenten:

»Das ist also unsere nächste Aufgabe, Lüders! Und ich sage Ihnen: Diesmal kriegen wir den Halunken!«

Vierzehntes Kapitel

Es war am Nachmittag. Der große Gefängnisbau lag so still und ruhig; und doch pulste unter diesem erzwungenen Schweigen das emsige Tun und Schaffen von anderthalb tausend Menschen, die wie Räder in einem gewaltigen Triebwerk jeder an seinem Teil ihre Pflicht taten.

Der Gefangene in Zelle 725 hatte seine Eßschüssel ausgewaschen, sie an den dafür bestimmten Platz in den kleinen braunen Schrank gestellt, der neben dem großen Gitterfenster an der Seitenwand der Zelle bei dem in Haspen hängenden und hochgeklappten eisernen Bettgestell hing. Nun nahm er seine Arbeit vor. Stark beschäftigte sich mit Zeichnen, das Material durfte er sich von eingezahltem Geld kaufen. So saß er und zeichnete Kindergruppen.

Aufseher Liedke, der eben in die Zelle kam, sah mit bewegter Freude die zierlichen Geschöpfe auf dem bunten Grund spielen und sich tummeln. Immer stärker ward die Gewißheit in ihm: dieser Mensch konnte kein Mörder sein! Wer so sonnige, unschuldsvolle Seelen im Bild formen konnte, der konnte unmöglich einen Freund meuchlerisch erschlagen haben –

Stark erhob sich von seinem Schemel und stellte sich vorschriftsmäßig an der weißen Wand zwischen dem hochgeklappten Eisenbett und dem Wandschränkchen auf.

»Sie haben vorhin geklingelt?«

Stark nickte.

»Ich bitte um Vormeldung zum Herrn Direktor.«

»Sie wissen, daß erst morgen, Sonnabend, Vormeldung zum Herrn Direktor ist –«

»Ich will ein Geständnis ablegen, Herr Aufseher!«

»Was – was wollen Sie – ein Geständnis ablegen?«

»Zu Befehl, Herr Aufseher! Ich habe es mir überlegt – ich werde es doch gewesen sein –«

Aufseher Liedke schüttelte den Kopf.

»Haben Sie sich das auch gut überlegt, Stark? Ich muß es ja melden, wenn Sie es sagen – aber Sie sollten doch erst mal darüber nachdenken. Sie können ja in einer Stunde nochmal läuten und mir dann Ihren Entschluß mitteilen.«

»Verzeihung, Herr Aufseher, aber mein Entschluß ist gefaßt – ich werde wohl doch der Täter sein –«

»Sie werden wohl doch? Aber so was, das muß man doch wissen – das weiß man doch!«

»Ja, Herr Aufseher, jetzt weiß ich es auch! Ich habe es mir so lange überlegt – und habe nachgedacht – Tage und Nächte lang – jetzt bin ich mir klar: ich habe den armen Kerl, den Berwin, erschossen.«

»Stark, ich frage Sie noch einmal: Bestehen Sie darauf, daß ich dem Herrn Direktor Ihre Meldung weitergeben soll?«

Der Beamte blickte ernst und eindringlich in das fahle Gesicht des Gefangenen.

Der aber sah starr vor sich hin und wiederholte wie ein Automat:

»Jawohl, Herr Aufseher, ich will ein Geständnis ablegen.«

»Dann muß ich Ihre Meldung weitergeben.«

Tief Atem holend, wandte sich der Beamte und verließ die Zelle.

Der Gefangene ging wieder an den Tisch, als wollte er seine Arbeit fortsetzen. Aber die Reißfeder entsank seiner Hand – was hatte er denn noch für einen Zweck, zu arbeiten, es war ja doch alles zu Ende! –

Zuerst hatte er sich gegen den Gedanken gewehrt – er hatte mit aller Kraft die Möglichkeit, daß er den Berwin erschossen hätte, von sich gewiesen. Aber mit der Zeit – wenn man sich die Situation immer wieder vorstellt – er war ja im Nebel kreuz und quer umhergetaumelt – und er hatte dreimal in den Wald hineingeschossen – auf Geratewohl – ja, er hatte vorher auch einen Knall gehört – aber er hatte so oft darüber nachgedacht. Genau wußte er es nicht mehr – er wußte überhaupt nichts mehr genau. Sein Kopf war wie eine Turbine, in der die Gedanken brausend und strudelnd kreisten – aber das wußte er: er hatte dreimal geschossen – dreimal! Und da hatte der arme Kerl, der Berwin, das Pech gehabt und war gerade in die Schußrichtung hineingelaufen.

Natürlich, man würde es ihm ja hier nicht glauben. Der Untersuchungsrichter würde das für einen geschickten Schachzug erklären, um wenigstens den Hals zu retten. Aber das war ja nun auch alles gleichgültig – ob er verurteilt würde wegen Mordes oder wegen Totschlages –eine jahrelange Strafe war das mindeste – und dann Ehrlosigkeit und Verachtung von allen Seiten. Nein, das könnte er doch nicht ertragen! Da muß man als anständiger Mensch ja wohl Schluß machen! Er war eben fertig – vollkommen fertig! –

Aufseher Liedke kam, um ihn zum Direktor zu führen.

Hannes Stark vertauschte die schlappenden Lederpantoffeln mit den festen Schuhen, die ihn stets drückten – denn seine eigenen Kleider hatte man ihm, wohl wegen der Fluchtgefahr, fortgenommen –, und ging vor dem Aufseher her den Gang bis zur Treppe, in den ersten Stock, wo ihn ein anderer Aufseher übernahm und ihn zum Direktionsbüro brachte.

Direktor Scherenberg war ein rascher, munterer Mann. Er war ein Menschenalter Gefängnisbeamter und hatte in dieser Tätigkeit Menschen und besonders Asoziale beurteilen gelernt. Daß Stark kein Mörder war, hatte er sich sofort gesagt. Ob jemand aber einen Totschlag begangen hat oder nicht, das kann auch der in solchen Dingen Erfahrenste niemals mit Sicherheit behaupten. Und trotzdem traf den Direktor die Ankündigung von Starks Geständnis gänzlich unerwartet. Man sah da wieder, wie man sich irren konnte, und daß man niemals einem Menschen ins Herz sehen kann!

Hannes Stark trat mit dem Aufseher ein.

»Sie haben mir eine Mitteilung zu machen, Gefangener?«

Herr Scherenberg sagte absichtlich nicht »ein Geständnis«.

»Jawohl, Herr Direktor. – Ich habe den Reisenden Berwin in der Heide erschossen.«

»Absichtlich – mit Überlegung?«

»Nein, Herr Direktor. Ich habe drei Schüsse abgegeben, um Berwin aufmerksam zu machen – und da ist er wahrscheinlich in der Nähe gewesen und ist in den Schuß hineingelaufen.«

Herr Scherenberg schwieg eine Weile und sah den Maler nachdenklich an.

»Sie werden Ihr Geständnis vor dem Herrn Untersuchungsrichter wiederholen müssen, Stark. Und ich kann Ihnen nicht verhehlen, daß Sie da dem ärgsten Zweifel begegnen werden. Die gegen Sie erhobene Anklage lautet auf Mord! Dadurch, daß Sie jetzt zugeben, Sie hätten den Berwin zufällig erschossen, wollen Sie der Anklage auf Mord den Wind aus den Segeln nehmen – könnte man annehmen! Es ist leicht möglich, daß der Richter Ihrem Geständnis keinen Glauben beimißt!«

Stark hob die Schultern.

»Dann kann ich mir nicht helfen, Herr Direktor – ich sage nach bestem Wissen und Gewissen, wie es gewesen ist.«

Der Aufseher führte den Gefangenen hinaus und übergab ihn Herrn Liedke. Der brachte Stark in seine Zelle. Er sagte kein Wort zu dem Gefangenen. Aber er glaubte durchaus nicht an dessen Geständnis. Wollte der Maler um den Mord herumkommen – oder war das Ganze nur die Ausgeburt einer Haftpsychose, wie sie Leute, die zum ersten Male im Gefängnis sitzen, so leicht bekommen?

»Gut, Sie können abtreten.«

Fünfzehntes Kapitel

Über dem weiten Kahlschlag, auf dem Stechginster und Heidekraut kniehoch standen, flatterten im Frühlicht gespenstisch die Nebelschwaden. Nach Ravensbrok zu war noch alles finster und trübe, aber im Aufgang bekam der fahle Schein einen rötlichen Schimmer, der erglühte und schnell in die Feuersbrunst der Morgenröte ausbrach.

Nun fingen die kleinen Musikanten des Waldes an, ihre Instrumente zu stimmen. Die Finken schlugen, die Meisen zwitscherten im Buschwerk, und Drosseln und Häher begrüßten lärmend den neuen Tag, der so wunderbar aufflammte in hehrem Frieden und der mit seinem Jubelchor den Himmel erfüllte.

Aber plötzlich warfen die Rehe auf, die sich im Heidekraut ästen. Und das Altreh, das den Sprung führte, schreckte so laut, daß der Fuchs, der nahe bei ihnen mauste, sich im Luftsprung fast überschlug und in großen Sätzen flüchtete.

Da kam drüben aus der Heide zwischen den Stämmen hervor eine Frau, die lief den schmalen Sandweg hinauf, der mitten durchs Heidekraut führte. Wie sie vorwärts hastete, sah man in der großen Helle, die eben über dem Rand der Wälder aufblitzte, das flatternde schwarze Haar und den roten Rock, der ihr um die Waden schlug; ihr Gesicht, ihre Arme und die hurtigen Füße sog das grelle Licht auf, das wie durch Zauberschlag das Feld in Glanz und Lohe tauchte.

Der Mann, der ein paar hundert Schritte zur Seite, aber in gleicher Höhe mit dem Mädchen am Waldrand hinschlich und jeden Strauch zur Deckung benutzte – der hätte sich nicht soviel zu mühen brauchen. Denn die Schlanke sah in ihrer Eile nicht rechts noch links. Nur vorwärts wollte ihr jagender Fuß, nur keine Sekunde verlieren! Einmal glaubte der am Waldrand ein Wort, einen Namen, den sie rief, zu hören. Aber dann mußte er selber aufmerken! Mußte sich beeilen, daß sie ihm nicht davonlief, nicht im Wald verschwand, ehe er heran war.

So wand sich Kriminalassistent Lüders zwischen Stamm und Busch hindurch, als sei er selbst ein Jäger, der auf ein scheues Wild pirschte. Solche Anstrengung bedeutete für ihn wenig, er atmete kaum schneller.

Da! Jetzt nahm der Wald die Eilende auf! Nun hieß es laufen! Dem Fallholz, das unter den Sohlen knackte, geschickt ausweichend, erreichte er die Waldstraße in dem Augenblick, als Marilla oben am Ende des breiten Weges im Holz verschwand.

Mit langen Sprüngen ihr nachsetzend, fand er auch in der Schonung, in der sie verschwunden war, ihre Fährte. Hier war der Boden weich und moosig. Die Eindrücke ihrer kleinen Füße zeigten ihm den Weg im Tannicht, das von der Rosenglut des Morgens in ein fast unirdisches Licht getaucht war. Wie im Traumland glühte und flackerte das Morgenrot zwischen den Kieferstämmen.

Anton Lüders, der doch bei der Verfolgung der Zigeunerin alle Sinne anspannte, rann einmal um das andere ein Schauer über den Nacken.

Da! Er blieb stehen. Er hörte das Tappen der kleinen Füße nicht mehr. Dann schlich er mit letzter Vorsicht weiter ihren Spuren nach ...

Aber plötzlich riß es ihn zusammen!

Ein Schrei! Ein Stöhnen! Ein Schluchzen!

Wo denn? Woher kam es denn? –

Aus der Erde! Aus der Tiefe! Aus der Unterwelt schien es hervorzubrechen!

Achtlos, ob er sich durch das Geräusch verriete, brach der Assistent jetzt durchs Holz. Er brauchte nicht nach der Richtung zu suchen: das Schreien, Stöhnen und Weinen, das dem Klagen eines todwunden Tieres glich, dieser herzbrechende Jammer eines verzweifelten Menschen wies Anton Lüders den Weg.

Und dann war er am Ort. Er, dessen scharfen Augen so leicht nichts entging, er hätte hier zehnmal vorbeigehen können, ohne eine Ahnung von diesem Versteck zu haben, das die Natur selber geschaffen hatte. So sehr der Assistent von diesem aufhörenden Schluchzen und Geschrei, das aus der Tiefe drang, erschüttert war – er mußte doch wieder und wieder die Zuflucht bewundern, die ein von aller Welt Verfolgter sich da geschaffen hatte.

Ein Windbruch. Mitten in einer dreißigjährigen Schonung hatte ein alter Überhälter, eine hundertjährige Fichte gestanden, die der Sturm umgeworfen, die er mit seiner Zyklonenfaust aus der Erde gerissen hatte. Den Stamm hatte man abgesägt und fortgefahren, aber die Wurzeln ragten noch wie verworrenes Astwerk nach oben. Und dahinter, in der natürlichen Grube, war der Eingang zu der Höhle, die sich Mirko Libkowicz, der Zigeuner und berüchtigte Wilderer, vielleicht in monatelanger Arbeit, gegraben hatte!

Wenn es doch nur aufhören wollte zu schreien, das Mädel! Lüders hätte sich am liebsten die Ohren zugestopft! Er war gewiß keine weiche Seele! Aber dieser schluchzende, schreiende Schmerz, die aus dem Boden dringende Totenklage zerriß seine Nerven.

Und doch mußte er hinunter, hinab in die Gruft! Und mußte ihr helfen, die – er zweifelte nicht daran – in der Höhle an der Leiche ihres toten Bruders schluchzte.

Da, da war das dunkle gähnende Loch! Trotz der dichten Zweige warf die Sonne einen dämmernden Schein hinunter. Das war ein richtiger Stollen, mit Brettern und kleinen Stämmchen ausgefüttert. Ein glostendes Licht drang aus der Tiefe.

Behutsam ließ sich Lüders hinab. Als er Boden unter den Füßen hatte, blieb er stehen. Er horchte. Das Mädchen mußte ihn doch gehört haben, mußte aufmerksam werden? Nein, ihr Schreien und Wimmern hörte nicht auf. Sie schrie und schluchzte unablässig. Nicht nur ihr Herz war zerbrochen, auch ihr armer Kopf, ihr Geist schien zerschmettert zu sein.

So kroch Lüders durch den schmalen, niedrigen, mit Brettern abgesteiften Gang, bis zur Höhle, die vielmehr eine bequeme Kammer war. Wo Haufen von Wildfellen den Boden deckten, vor einem Tisch ein Stuhl stand, beides aus Birkenästen gezimmert. Und auf dem Tisch eine Stallampe, die genug Licht gab, Marilla zu sehen, die neben dem Toten auf dem Boden kauerte.

Sie blickte kaum auf, als Lüders in dem Dämmer vor ihr erschien. Sie wimmerte und schluchzte. Und als sie sich wieder hinabbeugte zu ihrem Toten, da schrie und klagte sie von neuem. Ihr Mund stand offen, wie eine blutende Wunde. Und ihre Augen waren rot vom Weinen. Dann warf sie sich über Mirkos Leichnam und umarmte und küßte ihn, als könne sie ihn mit ihrem Hauch wieder zum Leben erwecken.

Anton Lüders, der an der Wand die Waffen hängen sah, Waidmesser, Hirschfänger und Gewehre modernster Konstruktion – Lüders mühte sich wohl eine Stunde lang, Marilla zu überreden, sie solle doch Vernunft annehmen und ablassen von dem Toten, dem ja doch niemand mehr helfen könnte.

Sie sah den Sprechenden, der sie trösten wollte, mit irren Augen an, und dann schrie und schluchzte sie weiter. Nur als der Assistent meinte:

»Armes Mädel! Du hattest wohl keinen weiter, als deinen Bruder?« – da kreischte Marilla auf, halb Weinen war es, halb Lachen, und schrie:

»Mein Bruder? Ich hab' doch gar keinen! Mein Mann war's, mein Liebster! Der eine, einzige, den ich hatte! Ach, du Himmel! Du!«

Und sie fiel in ihr Zigeuneridiom, in diese merkwürdige Sprache, die seit tausend Jahren die Kinder Hels und Hekates über die ganze Erde zusammenhält.

Als Lüders aus der Höhle stieg, war er so zermürbt, daß er sich erst auf einen Grenzhügel setzen und sich wiederfinden mußte. Dann ging er nachdenklich fort, in Gedanken immer verfolgt von dem unterirdischen Schreien und Jammern der Zigeunerin, die nicht von ihrem Toten wich.

Über ihm brannte jetzt die volle, glühende Sonnenscheibe. Aber die Vögel sangen nicht mehr, kein Reh zog durch die Heide. Nur droben im Äther schrieb ein Raubvogel mit »Hiäh! Hiäh!« seine Kreise.

* * *

Kommissar Reimer war früh hinausgefahren nach der »Bärenhöhle«. Sein kleiner Wagen hielt vor der Veranda. Der Wirt saß da im Schatten der Bäume und blies den Rauch seiner Zigarre in die goldige Luft.

Reimer stieg aus, grüßte. Er konnte aber, so scharf er Lubjank beobachtete, kein Zeichen von Erregung an dem immer ruhigen Mann feststellen.

»Kann ich einen Kaffee kriegen, Herr Wirt?«

»Ja, bitte sehr. Sie müssen nur etwas warten, Herr Kommissar, die Marilla, die ist nicht hier – sie wollte schon früh nach der Stadt 'rein.«

»So – hat wohl Besorgungen?« meinte Reimer gleichgültig.

Er hatte bereits mit dem von seinem traurigen Gang zurückkehrenden Assistenten gesprochen. Der hatte schon nach vorheriger Verabredung den Kommissar an der Ravensbroker Landstraße erwartet und ihm alles berichtet. So wußte Reimer mehr als der Wirt, der seine Unruhe dadurch verriet, daß er immer wieder die Straße hinaufsah, die Marilla kommen mußte.

Nachdem sie eine Weile gleichgültig hin- und hergeredet hatten, sagte Reimer plötzlich:

»Hören Sie mal, Lubjank, wär' es nun nicht richtig, Sie würden mal all den Schnurrfar beiseite lassen und mir reinen Wein einschenken?«

Der Wirt lachte freundlich, seine große Nase tanzte ordentlich, als er sagte:

»Wie meinen Herr Kommissar denn das?«

Reimer strich ein Zündholz an und steckte die ausgegangene Zigarre – zum wievielten Male? – in Brand.

»Wie ich das meine, lieber Lubjank? Na, ich kann mir denken, daß Sie in ziemlicher Sorge um das Mädel sind, an dem ja wohl doch Ihr altes Herz hängt, mehr, wie für Sie gut ist.

Aber ich weiß auch da wieder mehr als Sie! Ihr Mädel, die Marilla, sitzt draußen in der Heide am Totenbett ihres Bruders oder ihres Liebsten und weint und schreit, daß es einen Stein erbarmen könnte –«

Der Sprechende blickte dem Wirt in das breite Gesicht, das eben noch sonnenbraun, plötzlich wie grauer Stein geworden war. Der breite Mund mit den schlaffen Lippen stand offen, und ein leises Stöhnen entrang sich ihm. Er wollte wohl reden, aber die Stimme versagte.

»Sehen Sie mal, Lubjank,« sagte der Kommissar, dessen im Grunde mitleidiges Herz des Wirtes tiefes Weh mitfühlte, »es hat ja alles keinen Zweck mehr! Das Reden und Schweigen nicht und das Lügen ebensowenig! Wenn ich jetzt zu Ihnen spreche und Sie frage, so will ich auch gar nicht Ihr Böses! Ich weiß ja schon alles! Daß Sie von dem Wilddieb, der da draußen erschossen in der Höhle liegt, seit langem Wild gekauft haben, das können und werden Sie wohl abstreiten, aber wahr bleibt es darum doch! Aber darum handelt es sich nicht! Der Wilddieb, der höchstwahrscheinlich identisch ist mit dem berüchtigten, überall gesuchten Mirko Libkowicz, der ist tot und kann nicht mehr aussagen. Er kann

also auch nicht mehr gegen Sie zeugen! Und die Polizei hat gar kein Interesse, dem Toten nachzuweisen, wieviel Hasen und Rehe er geschossen und an wen er die verkauft hat.

Aber woran die Polizei ein Interesse hat, das ist, endlich einmal festzustellen, wer den Weinreisenden erschossen hat. Daß es kein anderer war, als Mirko, steht fest. Aber nun ist der tot. Und tote Lippen sprechen nicht mehr – Jan Lubjank!«

Der Kommissar legte seine schmale Rechte auf die schlaff auf dem Tisch liegende Pranke des Wirtes.

»Sie wissen, wer es getan, wer den Berwin erschossen hat. Der Tote selber und auch Ihre Marilla hat es Ihnen schon lange gesagt! Reden Sie! – Gestehen Sie es mir ein!«

Vor dem beschwörenden Blick des Kommissars flinkerten die grauen, ausdruckslosen Augen des Bärenwirtes hin und her. Aber seine Lippen öffneten sich nicht.

»Mensch!« sagte der Kommissar verzweifelt. »Haben Sie denn gar kein Gewissen? Wegen dieser Geschichte wäre beinahe ein Unschuldiger verurteilt und hingerichtet worden! Sagen Sie, Lubjank, sind Sie wirklich so ein Teufel, daß Sie einen Schuldlosen leiden und zugrunde gehen sehen möchten?«

Der Wirt kaute an seinem Schnurrbart, er bewegte den Kopf hin und her.

Reimer holte Schreibpapier und Füllhalter aus seiner Aktentasche.

»Wir legen jetzt gemeinsam die Tatsachen fest, Lubjank! Sie unterzeichnen das Protokoll, das wir so abfassen, daß niemand ein Verschulden Ihrerseits herauslesen kann!«

Aber Jan Lubjank schüttelte den Kopf.

»Nei, Herr Kommissar, was Schriftliches aus de Hände jeben, nei, das mach' ich nich!«

Reimers Gesicht wurde plötzlich zur steinernen Maske.

»Dann verhafte ich Sie, Herr Lubjank, und –«

Der Kommissar machte eine absichtliche Pause.

»Mit Ihnen zugleich auch die Marilla. Ich verhafte Sie alle beide unter dem Verdacht der Mitwisserschaft am Mord des Berwin.«

Der Wirt sah den Kommissar mit seinen unergründlich kalten Augen an. Und Reimer dachte: Wie

gut, daß wir uns jetzt nicht allein im Wald gegen-
überstehen! Da gäb' ich nicht einen Pfifferling ums
Leben!

Aber dann sprach Jan Lubjank:

»Gut, Herr Kommissar, ich will's tun. Schreiben
Sie's auf. Aber nur das, was ich selber sage und was
ich zugebe.«

Und der Kommissar schrieb:

»Ich, Endunterzeichneter, gebe folgendes zu Protokoll, das in meiner Gegenwart von Herrn Kommissar Reimer geschrieben ist:

Am 15. Januar, nachts um 1 Uhr etwa, ging der
Zigeuner Mirkow Libkowicz, wie schon häufig, auf
Rehe und Hasen in den Ravensbroker Forst jagen.
Es war ein so dicker Nebel, daß man nur schwer
weit sehen konnte. Aber der Nebel fiel und stieg
wieder. Es war also zeitweise möglich, da der Mond
hell schien, Wild zu bezielen und zu schießen.

So glaubte der Zigeuner an der Waldlichtung ein
Reh vor sich zu haben, er schoß darauf und hörte
ein Ächzen und Stöhnen; es war ihm sofort klar, daß
er aus Versehen auf einen Menschen geschossen
hatte. Er entfloh. Es kann der Zeit nach und bei der
ganzen Örtlichkeit, die der Zigeuner genau kannte
und auch so beschrieben hat, keinem Zweifel unter-
liegen, daß der getötete Bruno Berwin mit dem von
Mirkow Libkowicz bezielten Menschen identisch
war und daß also der Reisende aus Versehen von
dem Zigeuner erschossen worden ist.

Diese Darstellung deckt sich vollkommen mit der
Aussage, die der von dem Forstläufer Meiners
waidwund geschossene Mirkow L. noch bei Lebzeiten in meiner Gegenwart und im Beisein seiner
Cousine und Geliebten Marilla Libkowicz abgegeben hat.«

Der Wirt unterschrieb, und aufatmend setzte Reimer seine Unterschrift daneben. Dann packte er das
wertvolle Dokument in seine Ledertasche.

»Mich entschuldigen Sie jetzt wohl, Herr Kommissar!« meinte Lubjank nervös. »Ich muß mich
mal nach dem Mädel umsehen.«

»Ich will Sie sogar hinfahren, Lubjank, soweit
wird es ja nicht sein?«

»Nein, ich danke, Herr Kommissar, aber die – die
Marilla ist zu verzweifelt – ich trau mich selber
kaum zu ihr hin.«

So fuhr der Kommissar nach Hamburg zurück.
Der Wirt verschloß sein Haus, und Reimer sah zu-
rückblickend, wie er zwischen den Bäumen verschwand. –

Sechzehntes Kapitel

Als Herr von Bernewitz bei dem Untersuchungsrichter eintrat, saß vor dessen Arbeitstisch ein kleiner Herr, dessen brillenbewehrte Augen unter der
breiten Gelehrtenstirn auffielen.

»Darf ich Ihnen Herrn Doktor Nunert vorstellen,
Herr Rechtsanwalt? Herr Doktor Nunert ist als Waf-
fen- und speziell Schießsachverständiger beim Gericht vereidigt. Und ich habe Veranlassung genommen, den Herrn Doktor in der Sache Stark-Berwin
zu Rate zu ziehen.«

Die Überraschung bemerkend, die sich auf von
Bernewitz' Zügen malte, sagte der Untersuchungsrichter mit melancholischem Lächeln:

»Irren ist menschlich. Diese tiefste Weisheit unseres armen Erdenlebens, die hat mich seit der letzten
Unterredung mit Ihnen, Herr Rechtsanwalt, nicht
mehr losgelassen. – Sie erwähnten damals den starken, menschlichen Eindruck, den Ihnen der verhaftete Stark gleich bei Ihrem ersten Besuch in seiner
Zelle gemacht hätte. Und so habe denn ich, in dem
für den Juristen natürlichen Bestreben nach der ab-
soluten Rechtsfindung, seitdem keine Ruhe mehr
gehabt. Ich bin der Sache wieder und wieder nach-
gegangen und habe, das kann ich wohl sagen, man-
che schlaflose Nacht gehabt deswegen.«

Der Richter beugte sich über den Arbeitstisch und
blätterte in seinem Notizkalender.

»Da!« Er nahm ein loses Kalenderblatt heraus.
»Der sechste April! Da las ich einen Spruch auf der
Rückseite, den ich Ihnen einmal vorlesen darf: Die
meisten Irrtümer unseres Lebens laufen nicht im
Geleise einer fehlerhaften Logik, sondern beruhen
auf falschen Voraussetzungen. – Ja, nicht wahr, das
ist schrecklich einfach, so einfach, daß es fast albern
erscheint. Und doch ist die Tatsache so fundamental
und tief! Wir glauben zu wissen und wissen doch
nicht! Aber wir folgern aus diesem Nichtwissen und
müssen so zu den ärgsten Fehlschlüssen kommen.
Für einen Richter und für sein richterlich Tun be-

deuten solche falschen Gedankenschlüsse statt Recht Unrecht.«

Doktor Wahlfeld schwieg eine kurze Weile, dann sagte er: »Und mitten in meine Überlegungen und Zweifel hinein kommt, wie ein Donnerschlag, aus dem Untersuchungsgefängnis die Nachricht: Stark hat ein Geständnis abgelegt. Er gibt zwar nicht den Mord, wohl aber einen Totschlag zu.

Das war das Menetekel, auf das mein Gewissen nur noch wartete! Alle Zweifel, die mich gequält hatten, alle Unsicherheit und Seelenbedrängnis, die vorher nur geschwelt hatten, wuchsen mit einem Male zur lodernden Flamme! In deren Licht leuchtete der Spruch von der fehlerhaften Logik, aus der unsere Irrtümer stammen. Da wußte ich auf einmal, was es heißt: sein Unrecht zur rechten Zeit einsehen! Und die Quelle seines Irrtums zu erkennen!

Ich sah den Gefangenen in seiner Zelle vor mir! Ich sah seine grausamen Zweifel und fühlte, wie die Würmer der Angst und des Entsetzens sich in sein Hirn bohrten, wie seine Gedanken sich verwirrten und wie der Wahnsinn ihm so nahe kroch, daß er sich nur noch auf der Lüge des Geständnisses aus all dem Wust retten konnte.

Und auf einmal sah ich auch, wo mein Fehler lag! Ich ging in unserer Sache von der Voraussetzung aus: die eine Kugel, die im Schädel des getöteten Berwin stak, sei von Stark, als dem Täter, aus seinem Revolver abgeschossen worden. Die zwei noch in Starks Revolver steckenden Geschosse mußten also dieselbe Art Kugeln enthalten. Ergo mußten diese Kugeln aus demselben Material sein. Das sollte das letzte Glied der Beweiskette gegen den Angeklagten Stark sein – ich bekenne es offen und ich gestehe auch, daß ich in meinem Herzen schon vorher unsicher war und bittere, quälende Zweifel hegte!«

Der Richter wandte sich an Doktor Nunert:

»Darf ich Sie nun bitten, Herr Doktor, dem Herrn Rechtsanwalt und mir das Resultat Ihrer Untersuchung bekanntzugeben?«

Der Sachverständige las aus seinem Notizbuch:

»Die in den Kugelpatronen des mir vom Gericht übergebenen Revolvers enthaltenen Geschosse sind aus völlig kupferfreiem Blei hergestellt. Man entzieht nämlich dem sogenannten Werkblei bei der Geschoßfabrikation die Beimischungsmetalle, wie Silber, Antimon, Kupfer, Zink usw. Während nun die von Privatpersonen gegossenen Kugeln oft alle möglichen Legierungen im Schmelzprozeß aufweisen, ist dies bei den fabrikationsmäßig hergestellten Geschossen nicht der Fall. Die im Kopf des Berwin gefundene Neun-Millimeter-Kugel enthielt nun aber alle möglichen im Gutachten detaillierten Metalle. Ich bin nach meiner eingehenden Untersuchung des aus dem Schädel des Getöteten extrahierten Bleigeschosses zu der Überzeugung gekommen: es handelt sich hier um einen sogenannten Rehposten. Somit kommt nicht ein Revolver- oder Pistolenschuß, sondern ein Flintenschuß in Frage.«

»Und damit ist der Verdacht gegen den Maler so gut wie hinfällig,« vollendete der Untersuchungsrichter.

»Ja,« nickte Doktor Nunert, »mit den mir vorgelegten Revolverpatronen kann der Getötete nicht erschossen worden sein.«

Doktor von Bernewitz saß schweigend auf seinem Platz. Er stand derart unter dem Druck einer Gemütsbewegung, daß er eine Zeitlang das, was ihn hergeführt hatte, nicht sagen konnte. War es nicht wirklich, als recke sich eine Hand aus dem Unsichtbaren und beschirmte den, den menschliche Fehlbarkeit schon zu den Verlorenen geworfen hatte? Ein Strom von Dankbarkeit für die Güte des Unerforschlichen erfüllte des Anwalts Herz, der nun mit befreitem Aufatmen seine eigene Wissenschaft zu der Erkenntnis Doktor Wahlfelds hinzutun konnte. Er sagte bewegt:

»Wie froh bin ich und wie erleichtern Sie mir die Aufgabe, Herr Amtsgerichtsrat, die mich heute zu Ihnen führt. Darf ich Sie bitten, dieses Protokoll, das mein Bürovorsteher Mahnke in meiner und Fräulein Winkels Gegenwart mit Herrn Riebenstedt in meiner Kanzlei aufgenommen hat, zur Kenntnis zu nehmen?«

Etwas befremdet nahm Doktor Wahlfeld den Bogen, entfaltete ihn und las, mit jeder Zeile sichtlich mehr interessiert, um ihn alsdann dem Doktor Nunert zu geben.

Der Richter nickte vor sich hin.

»Es ist schon so: wenn Wahrheiten sich durchsetzen, so tun sie das meist an verschiedenen Stellen zugleich. An und für sich würde diese Aussage hier noch keinen Beweis für Starks Unschuld bilden. Wenn auch hiernach,« der Sprechende nahm das Protokoll aus Doktor Nunerts Hand zurück, »kaum noch ein Zweifel möglich ist, daß Stark die dreitausend Mark von Bruno Berwin am Abend vor seinem Tode empfangen hat und daß sie danach rechtens Stark gehören – aber im Verein mit Herrn Doktor Nunerts Gutachten erweist dies Protokoll die völlige Unschuld des Malers.«

Er streckte dem Anwalt seine Rechte entgegen. »Ich fühle mich glücklich, Ihnen, mein lieber Herr Rechtsanwalt, danken zu dürfen für den schönen Anteil, den Ihre treue Mitarbeit zum Werk von Starks Befreiung beigetragen hat! Es bleibt mir nur übrig, seine Freilassung sofort zu verfügen.«

Doktor Wahlfeld, der in seiner Erregung aufgestanden war, ging wieder zurück an den grünen Tisch und schrieb ein vorgedrucktes Formular aus.

»Der Untersuchungsgefangene Maler Hans Stark ist sofort aus der Haft zu entlassen.«

Das Papier gab er dem Anwalt.

»Ich vertraue die Besorgung dieser Verfügung niemand lieber an, als Ihnen, Herr Doktor! Aber außerdem habe ich noch eine herzliche Bitte an Sie: Bestellen Sie dem Gefangenen Stark meinen Gruß und meinen Glückwunsch für sein wiedergewonnenes, neues Leben! Und sagen Sie ihm doch, daß ein Richter nur so lange Richter ist, wie er einem Schuldigen gegenüber zu stehen glaubt. Daß er aber den Unschuldigen um Verzeihung bittet für das, was er ihm – wenn auch nach bestem Wissen und Gewissen! – angetan hat.«

Nie hatte Doktor von Bernewitz die ernsten Hallen der Justiz so froh verlassen, als in dieser Stunde.

* * *

»Raten Sie mal,« sagte Herr Gläßgen, der selten mehr als drei Worte auf einmal sprach.

Über Aufseher Liedke kam es wie Erleuchtung.

»Der Gefangene Stark?« fragte er zögernd.

Der Oberaufseher nickte.

»Ja, wird entlassen ... unschuldig ...«

Herrn Liedke zitterten die Lippen, er konnte nur sagen: »Befehl, Herr Oberaufseher.«

Damit wollte er weg, zu seinem Gefangenen. Aber Herr Gläßgen hielt ihn auf.

»Nicht gleich sagen! Langsam, nach und nach ... zu gefährlich!«

»Ich verstehe, Herr Oberaufseher. Ich werde es dem Gefangenen mit aller Vorsicht beibringen.«

»Gut, können gehen.«

Noch niemals ist es dem Aufseher Liedke so schwer geworden, die Beamtenwürde in der Gemessenheit seines Schrittes auszudrücken wie in dieser Minute. Aber er mußte ja auch überlegen, wie er seine Botschaft in Worte bringen, wie er des Gefangenen Herz nicht mit einer zu großen Überraschung bestürmen wollte.

Hannes Stark saß eifrig zeichnend auf seinem Schemel. Als er beim Eintritt des Beamten aufblickte, hatte er noch den träumerischen Glanz in den Augen, der sein Gesicht bei der Arbeit überstrahlte.

Er wollte aufstehen. Aber der Beamte winkte ihm: »Bleiben Sie sitzen, Herr Stark!«

Sofort richtete sich der Gefangene auf.

Die Aufseher dürfen die Gefangenen nicht mit »Herr« anreden, das ist gegen die Gefängnisordnung. Stark begriff sekundenschnell, daß sich mit diesem »Herr« etwas anderes, viel Bedeutsameres verband.

Er stand auf.

»Sie bringen mir meine Freiheit, Herr Aufseher?«

Liedke nickte wortlos.

Stark faltete die Hände und blickte zu dem hohen Fenster hinauf, durch dessen Gitter die Sonne hereinschien. Er sprach eine Weile nicht, nur seine Lippen waren in flüsternder Bewegung. Dann gab er dem Beamten die Hand und sagte: »Ich danke Ihnen!«

Damit wurde sein Gesicht zusehends ruhiger. Die braunen Augen lachten. Der Beamte konnte sich im stillen nicht genug wundern über die erhabene Ruhe, mit der der Todbedrohte die Rettung seines Lebens begrüßte.

»Ihr Anwalt wartet unten in der Kanzlei auf Sie!«

»Kann ich denn gleich gehen, Herr Liedke?«

»Natürlich! Gegessen haben Sie schon, nun holen Sie sich noch vom Hausmeister Ihre Habseligkeiten, da führe ich Sie hin ... und dann steht Ihnen das Tor offen!«

»In die Freiheit!« sagte Stark. Es klang, als spräche er aus dem Traum.

Siebzehntes Kapitel

Vor dem Gefängnisportal stand von Bernewitz' Auto. Und als Hannes Stark einstieg, zitterten ihm die Knie. Er lachte: »Nanu, ich werde doch nicht jetzt noch schlapp machen, wo alles vorüber ist?«

Der Rechtsanwalt saß am Steuer. Er hörte Starks Worte und dachte: »Man soll den Tag nicht vor dem Abend loben!« Aber sagte nichts, er stellte den zweiten Gang ein und gab Gas.

Sie fuhren schnell und sprachen nicht weiter. Hingen nur jeder seinen Gedanken nach.

Stark dachte an Maria. Und bei all seiner zärtlichen Sehnsucht empfand er doch eine geheime Angst vor dem Wiedersehen. War nicht alles Unglück, das über sie beide gekommen, einzig und allein seine Schuld? Hatte er je seine wilde Leidenschaft gebändigt? Ja, war er sich nicht wer weiß wie groß und erhaben vorgekommen, wenn er mit seiner körperlichen Kraft des anderen Herr ward? Hatte er nicht diesen kleinen armseligen Menschen, den Berwin, beinahe erwürgt, damals an dem Morgen, als der Kollekteur kam, der Nathusius, und die Kunde von dem großen Gewinn brachte?

Und dann in der Nacht, in der Mordnacht – wie konnte, wie durfte er den angetrunkenen Mann allein in den nebligen Wald gehen lassen? Mußte er nicht an Berwins Seite bleiben, und wenn ihn der Reisende auch noch so sehr mit seinem Eigenwillen gereizt hatte?

Er sah ihn wieder fortgehen, zwischen den Stämmen, zwischen denen der Nebel hing, als wenn man weiße Tücher ausgespannt hatte. Wenn er, Stark, mit dem armen Menschen gegangen wäre, dann hätten sich die Strömper wohl gehütet und nicht geschossen.

Ach, wie gern hätte er sein Unrecht an dem armen Berwin wieder gutmachen wollen. Aber der lag längst in der kalten Erde und wußte nichts mehr von Haß und Liebe. Er war ja geizig und selbstsüchtig gewesen, aber zuletzt hatte er ihm doch die dreitausend Mark gegeben – ja, die dreitausend –

Er sah den Rechtsanwalt an, der jetzt schneller fuhr und stracks geradeaus sah.

Trotz seines schnellen Fahrens und trotz angespanntem Voraussehens flogen durch Doktor von Bernewitz' Hirn auch Bilder, die mit der Wandsbecker Chaussee nichts zu tun hatten. Und sonderbar, was der Anwalt dachte, war gar nicht so weit ab von dem, was den Maler beschäftigte.

Er dachte an Maria. Und fühlte innig und unweigerlich, wie teuer sie ihm war. Aber ebenso unverrückbar empfand er auch, daß sie für ihn unerreichbar wäre. Ja, er erkannte klar, daß auch nicht der Wunsch in ihm glimmen dürfe, sie zu erringen. Das hatte mit seiner Überzeugung von Marias Treue nichts zu tun. Man weiß niemals, ob die geliebte und begehrte Frau einen Mann liebt, ehe sie ihren Widerstand aufgibt und sich dem Geliebten ganz, überläßt. Ja, es gibt wohl Männer, die es auch dann noch nicht wissen. Für von Bernewitz kam all das gar nicht in Frage. Ob sein Herz Sehnsucht nach Maria empfand oder nicht – sie stand für ihn außerhalb jeder, auch der zartesten Form einer Werbung. Er war ihr Freund und alles, was ihm sein Gewissen erlaubte, war: daß er ihr und ihrem Mann half, aus diesem dicken Lebensnebel wieder herauszufinden. Es gibt Dinge, für die sich ein anständiger Mensch nicht bezahlen läßt, in keiner Form. Und zu diesen Dingen gehörte die Hilfe, die Aldo von Bernewitz Maria geleistet hatte. Er lachte leise in sich hinein: also doch Maria!

Das war der Augenblick, in dem Hannes Stark bei den dreitausend Mark angekommen war, die der Tote ihm geschenkt und die das Gericht am Tage seiner Verhaftung konfisziert hatte.

Wo waren die dreitausend Mark? – Zweifellos in der Gerichtskasse! Und wem gehörten sie? – Doch ihm, keinem anderen!

Nachdem Riebenstedt beschworen hatte, daß Berwin sie damals in der Toilette zugebilligt hatte, konnte doch kein Zweifel mehr obwalten, daß er der rechtmäßige Besitzer war. Wie kam das Gericht dazu, sie ihm auch jetzt noch vorzuenthalten? Er fragte den Anwalt:

»Glauben Sie denn, Herr Rechtsanwalt, daß man mir die dreitausend Mark auszahlen wird, die ich von Berwin habe?«

Von Bernewitz hatte gerade da, an dem Geldpunkt, eben mit seinen Gedanken gehalten. Allerdings dachte er dabei mehr an Maria, die das Geld gut würde brauchen können. Denn daß Hannes Stark jetzt mit Schwierigkeiten würde zu kämpfen haben, daran war nach Bernewitz' Erfahrungen nicht zu zweifeln. So leicht läßt der Löwe Publikum sich seine Sensationen nicht aus den Zähnen reißen!

»Das Geld gehört Ihnen, lieber Freund, und die Justiz denkt nicht daran, sich an solchem Mammon zu bereichern. Es wird nur noch ein bißchen dauern, bis sich die Formalitäten erledigen lassen. Aber –« von Bernewitz stockte ein wenig, »es wäre ja möglich, daß Sie, lieber Herr Stark, das Geld schon eher brauchten. In dem Fall bitte ich Sie, über mich zu verfügen. Ich gebe Ihnen einfach einen Vorschuß. Denn über meine Kanzlei muß das Geld ja doch gehen.«

Das so leicht erregbare Temperament des Künstlers warf ihn förmlich hinab in eine neue Bestürzung. Borgen, anborgen sollte er den Mann, der ihm schon soviel geopfert hatte an Arbeit, Zeit und Geld? Tief atmend hob Stark die Linke wie zur Abwehr:

»Nein, um Gottes willen nicht, Herr Rechtsanwalt! Das ist zuviel! Das geht nicht! Nein, auf keinen Fall!«

»Aber ich bitte, Herr Stark –«

»Nein, nein, Herr Doktor! Das kann ich nicht! Und wenn ich selbst wollte, Maria würde es bestimmt nicht tun!«

Von Bernewitz lächelte. Und dieses milde, verzeihende und sich selbst anklagende Lächeln entwaffnete den Maler. Mit einem Schluchzen, das er mühsam überwand, sagte er leise:

»Verzeihen Sie, Herr Doktor, Sie sind zu gut. Aber – es ist so schwer – sich soviel schenken zu lassen.«

Der Anwalt nickte nur. Aber seine Gedanken eilten dem schnellen Tempo des Wagens voraus: Was würde Maria sagen, was würde sie fühlen, wenn er ihr den Liebsten heimbrachte – und war es recht, sie so unvorbereitet zu überraschen?

Achtzehntes Kapitel

Maria war vom frühen Morgen an ohne rechte Andacht bei ihrer Arbeit. Die Mutter sagte ein über das andere Mal: »Madel! Madel! Was denkst du bloß heite?«

Und wenn dann Maria ihre blauen Augen auf das Antlitz der alten Frau heftete und Frau Renate die Träume darin las, die die Jüngere auch am Tage nicht verließen, dann nickte die Mutter nur und dachte an ihre eigene Jugend. Und schaute in sich hinein, und als Maria sie fragte, meinte sie sinnend: »Ach, Madel, 's kummt ja alles wieder! Wenn ich so alleene bin, da wuselt's um mich rum und sind alle wieder do!«

Denn Maria war ihr als einziges von acht Kindern geblieben. Die anderen sieben und ihren Mann hatte eine Pockenepidemie in wenigen Wochen hingerafft. Die Familie lebte damals noch in Schlesien, auf einem Bauerngut, das nach des Mannes Tod an dessen Bruder fiel.

Frau Renate legte eine fertige Decke zu den übrigen und meinte:

»Manchmal, do denkt a Mensch, 's geht nich mehr un is oft gar am Ende. Aber da kummt unser Herrgott un greift een' an Arm! Un wenn's eene Zeit hin is, do sikt ma' sich um und do liegt das all schon weit, weit dohinten! – Vagessen kann's a Mensch nich, aber a schleppt's durch un lebt weiter –«

Da nickte Maria, als hätte sie verstanden. Doch ihre Gedanken waren weit fort und in all' ihrer Liebe für den Mann war eine Furcht, ein Zagen, ob sie ihn auch noch ganz in ihrem Herzen hätte und daß er ihr nicht fremd geworden sei in diesen bangen Wochen.

Sie stand auf.

»Ich muß mal runtergehen, Mutter –«

Die alte Frau nickte lächelnd, sie redete nicht viel. Erst als Maria aus der Tür war, murmelte sie etwas, das wie Beschwörung und Segenswunsch klang.

Währenddessen kam ein Auto die Feldstraße herauf und bog gerade in den Butenweg ein.

Vor dem Hause des Amtsvorstehers plauderte die rotköpfige Margret mit einer Freundin. Und das Wort blieb ihnen im Mund, als Doktor Bernewitz' Wagen vor dem Hause hielt und sie in Hannes Starks elendes Gesicht blickten.

Der Anwalt stieg zuerst aus. Er fragte nach dem Herrn Amtsvorsteher.

Margret konnte kaum antworten. Sie mußte, ob sie auch nicht wollte, immer den blassen Mann ansehen, dessen Kleider um die mageren Knie schlotterten. Und jetzt stieg er ebenfalls aus dem Wagen und verbeugte sich: »Guten Tag, Fräulein Kleinert.«

Sie nickte und sagte ängstlich:

»Guten Tag.«

»Kann ich Ihren Herrn Vater sprechen, mein Fräulein? Rechtsanwalt von Bernewitz.«

Das hübsche Geschöpf bebte. Die braunen Augen kamen nicht los von dem Maler, während die Freundin verlegen davonlief.

»Ja,« stotterte Margret, »ja, kommen Sie doch bitte!«

Sie öffnete die Tür des Amtszimmers. Ihr Vater saß in seinem Lehnstuhl und schlummerte.

»Papa – die Herren wollen dich sprechen.«

Der Amtsvorsteher fuhr empor.

»Ja, ja, bitte —«

Sein Auge fiel auf Stark. Da stand er schnell auf. Aber ehe er sich zu einer Frage sammeln konnte, verbeugte sich der Anwalt; nannte seinen Namen und sagte, seine Hand auf des Malers Schulter legend:

»Ich bringe Ihnen meinen Freund Hannes Stark, Herr Amtsvorsteher. Nachdem sich seine gänzliche Unschuld erwiesen hat, ist er heute früh aus der Untersuchungshaft entlassen worden. Und nun bitte ich Sie, hiervon Kenntnis zu nehmen.« Von Bernewitz reichte Herrn Kleinert den Entlassungsschein. »Wir wollten vor allen Dingen Sie, verehrter Herr Amtsvorsteher, mit dieser angenehmen Tatsache bekanntmachen!«

Herr Kleinert las das Papier zweimal durch, ehe er es dem Rechtsanwalt zurückgab. Dann trat er auf den Maler zu und reichte ihm die Hand.

»Ich habe gleich nicht an Ihre Schuld geglaubt, Herr Stark – nicht wahr, Sie erinnern sich, daß ich Ihnen Vertrauen schenkte und Sie nur oben in die Obstkammer sperrte –« Er lächelte, drückte nochmals Starks Hand und sah ihn dabei voll an. »Raubmörder sehen so nicht aus! Aber in jedem Fall nehmen Sie meinen aufrichtigen Glückwunsch! Und Sie, Herr Rechtsanwalt, Ihnen muß man wohl noch besonders danken, daß Sie dem Recht zum Sieg verholfen haben!« Der Sprechende atmete tief. »Ich werde jedenfalls alles tun, was in meinen Kräften steht, um Herrn Stark wieder in seine bürgerliche Position hineinzuhelfen!«

Dann hatten sich die Männer nochmals die Hände gereicht. Und nun saßen der Anwalt und sein Klient wieder im Auto, das in mäßigem Tempo den Butenweg hinauffuhr.

Dem Maler war es, als hielte der brave Mann vom Amt noch immer seine Hand. Er hörte immer noch die Worte, daß man ihn wieder in seine bürgerliche Stellung hineinbringen wollte. Ja, galt er denn als Ausgestoßener? Er war doch vollkommen schuldlos! Und das Gericht hatte ihm seine Unschuld bescheinigt! Was wollte man denn noch von ihm?

Verstört sah er seinen Anwalt an. Aber da er ihn fragen wollte, sah er da unten in der Straße eine helle Gestalt – seine Maria!

Und da fiel alle Pein und alle Sorge wie Zunder von seiner Seele. Nur eine Sehnsucht, eine grenzenlose Sehnsucht erfüllte sein Herz, daß es fast zersprang.

»Maria!« sagte er laut, und Tränen flössen aus seinen armen Augen.

Der Wagen hielt. Aber Stark hatte nicht die Kraft, sich zu erheben.

Da sprang Maria zu ihm in den Wagen hinein und nahm ihn in ihre Arme. Sie schluchzte und sah in sein Gesicht, in dem noch der Jammer und die Todesangst zitterte. Er weinte nicht, nur seine Lippen bebten. Und auf das blonde Mädchen gestützt, ging er ins Haus.

Frau Renate Winkel hatte die halbe Nacht wach gelegen. Und da sie sonst schon vor sechs Uhr aus den Federn war, war nicht viel Schlaf in ihre Augen gekommen. So sehr hatte ihr Starks Rückkehr ans Herz gegriffen!

Maria hatte ihn gleich hinauf in sein Zimmer gebracht. Und Frau Renate in ihrer ersten Aufregung hatte gar nicht an das Bild gedacht! Es lag noch immer in ihrer Truhe. Wenn er nun merkte, daß es weg war – eine schreckliche Angst ergriff die alte Frau. Was sollte sie nur sagen? – Und wenn er nicht gleich darauf geachtet hatte, daß es fehlte, morgen oder übermorgen würde es ihm sicherlich auffallen!

Frau Renate wußte gar nicht, wie sie es anstellen sollte, das Bild wieder unbemerkt an seinen Platz zu bringen. Aber noch weit mehr bedrängte es ihre gläubige Seele, daß sie dem Maler, der doch ihrer Tochter Liebster war, eine solche Schandtat zugetraut hatte! Er war jähzornig und jach, wie ein Wilder, gewiß! Aber so einer ist doch noch lange kein Mörder! Wie hatte sie bloß so Böses denken und an Starks Schuld glauben können!

Die alte Frau war so unsicher und von Gewissensbissen geplagt, daß sie an diesem und dem nächsten

Tage nicht den Mut aufbrachte, hinaufzugehen in Starks Zimmer und ihr Bild wieder an seinen Platz zu hängen. Sauber machen und aufräumen tat Maria bei ihrem Liebsten, er ließ niemand sonst an seine Sachen heran. So hatte Frau Renate auch gar nicht die Gelegenheit, sich von dem Bild, das ihr wie Feuer auf der Seele brannte, zu befreien. Endlich, am dritten Tage – Stark hatte seltsamerweise immer noch nichts gemerkt – Maria war drüben bei Alice Müller – war Frau Renate eine Weile allein im Haus.

Sofort war sie mit dem Bild unter der Schürze die steile Stiege hinauf und hing es wieder an seinen Platz. Ihr Herz schlug so heftig, sie mußte sich an die Tür lehnen. Dann faltete sie ihre alten Hände und bat Gott noch einmal um Verzeihung, daß sie seinem Ratschluß hatte vorgreifen und rächen und strafen wollen. – »Denn die Rache ist mein,« sagt der Herr. »Ich will vergelten!«

Neunzehntes Kapitel

Hannes Stark war schon früh nach Hamburg gefahren. Er wollte Doktor von Bernewitz aufsuchen in der Angelegenheit, die ihm jetzt die wichtigste dünkte: die Rückerstattung der dreitausend Mark, die sein Eigentum waren und die das Gericht trotz mehrfacher Anmahnung noch immer einbehielt. Mit welchem Recht? Die blaue Ader auf Starks Stirn schwoll bedrohlich! Aber sogleich nahm er sich selbst in Zucht; er wollte seinen Gleichmut und die Geduld nicht verlieren! Wer einmal durch Maßlosigkeit und Jähzorn solch Unglück über sich und die Seinen heraufbeschworen hat, der muß seine Leidenschaft für immer fesseln!

Stark, der früher gern ein Glas Wein oder Bier getrunken hatte, mied jetzt den Alkohol in jeder Form. Hätte er an jenem Unglückstag nicht getrunken, so wäre er nicht zurückgeblieben, als Bruno Berwin in der Nebelnacht in den Wald ging und erschossen wurde. Aber das war es nicht allein, was den Maler so enthaltsam leben ließ: er, der früher so oft den Groschen mit dem Taler verwechselte, er war jetzt sparsam bis zum Geiz.

Er verdiente ja nichts! In der Gratulationskartenfabrik, für die er vor dem arbeitete, war jetzt nichts zu tun. Wenigstens gab man das als Grund an für seine Abweisung. Natürlich hatte er sich weiter bemüht, in lithographischen Anstalten, bei Bilderfabriken, Buchverlegern, überall, wo man Figurenzeichner oder Maler brauchte.

In den meisten Fällen hörte man ihn gar nicht an oder empfing ihn überhaupt nicht. Einige Geschäfte, die früher seine Arbeit geschätzt hatten, ließen ihn jetzt mit Verlegenheitsausreden fortgehen. Zuletzt traf er auf einen groben, aber ehrlichen Menschen, der sagte gerade heraus:

»Ich kann Ihnen keine Arbeit geben, Stark, ich kann nicht.«

»Und warum, Herr Schulz?«

»Warum? Muß ich Ihnen das wirklich erst sagen? Weil der Mordverdacht noch immer auf Ihnen ruht.«

»Aber ich bin freigelassen. Das Gericht hat meine Unschuld ausdrücklich anerkannt! Und in der hohen Heide haben sie einen Wilddieb erschossen, der wahrscheinlich der Mörder ist!«

Der Drucker zuckte die Achseln.

»Vielleicht – – –« Er stockte.

Und Hannes voller Wut:

»Sagen Sie es ruhig, Herr Schulz! Erfahren muß ich es ja doch!« Der Maler atmete schwer.

Der andere gab ihm die Hand.

»Sie tun mir leid, Stark! Und ich, das brauch' ich Ihnen wohl nicht erst zu versichern, ich glaube auch nicht an den Unsinn. Als Sie mir neulich schrieben, da wollt' ich Ihnen schon einen Auftrag geben. Und da – wissen Sie, wer mir da abgeredet und sich mit Hand und Fuß dagegen gesträubt hat – wissen Sie wer? – Meine Frau! Die Sie doch sonst immer so gern gehabt hat! Ja, ja!«

Der Drucker nickte mit seinem borstigen Schädel.

»Meine Frau sagt: Gegen die Volksmeinung kann man nicht ankämpfen! Und wenn ich Sie beschäftige und Sie zeichnen für mich, da kann es mir passieren, daß ich die ganze Auflage liegen behalte. Die Leute wissen, daß Sie gesessen haben und weshalb! Und besonders meine Arbeiter wissen es! Und die reden, reden überall! Der Klatsch, der hört nie auf! Ja, und das kann ich nicht riskieren. Es kommt in der Kundschaft 'rum. Und ich stehe selber nicht so fest. Seien Sie nicht böse, aber – ehe Sie nicht vollständig rehabilitiert sind, ich meine, ehe man den wirklichen Mörder gefaßt hat –«

Hannes Stark lachte plötzlich laut auf.

»Solange hab' ich nichts zu fressen! Ehe nicht der Mörder gefaßt ist, krieg' ich keine Arbeit und verdiene nichts! Und meine Frau und ich, wir dürfen solange hungern! Feine Leute seid ihr alle, feine Leute, das muß ich sagen!«

Damit hatte sich der Maler erhoben und das kleine Kontor verlassen, wo der Drucker ihm achselzuckend nachblickte. Und Herr Schulz wollte sich eben wieder an seine Arbeit setzen, als die Klingel an der Tür abermals ging und ein großer, magerer Mann hereintrat, der sich als »Lüders, Kriminalbeamter«, legitimierte.

Der Drucker sah ihn aus seinen dunklen, überbuschten Augen mißtrauisch an. »Was wünschen Sie denn?«

»Bei Ihnen war eben ein gewisser Hannes Stark, Maler und Zeichner. Was wollte der bei Ihnen?«

»Warum fragen Sie das?«

Lüders schüttelte den schmalen, blassen Kopf. »Sie haben nur zu antworten, fragen tue ich.«

Der Drucker lachte kurz auf. Aber der Beamte kehrte sich daran nicht; er fragte noch einmal: »Was wollte der Mann von Ihnen?«

»Arbeit.« Das war alles, was der Drucker erwiderte.

Lüders, der einsehen mochte, daß er so nicht zum Ziel kam, zog mildere Saiten auf. »Es wird Ihnen nicht unbekannt sein, Herr, daß gegen den Maler ein Verfahren geschwebt hat – wegen Raubmord. Nun ist Stark zwar entlassen und das Verfahren ist niedergeschlagen, weil seine Unschuld hinsichtlich des Mordes erwiesen ist – aber die fünfundfünfzigtausend Mark, die der Tote besaß und die er nachweislich bei sich hatte in der fraglichen Nacht – die fehlen. Sie werden ja die Sache kennen, und ich kann mich also kurz fassen: Stark steht noch immer im Verdacht, den Toten beraubt zu haben, den zweifellos ein Wilddieb erschossen hat. Also deutsch gesagt: seinem Freund, dem Reisenden, den zufällig an seiner Seite die Kugel traf, dem hat Stark die Brieftasche mit den fünfundfünfzigtausend Mark gezogen.«

»Woher wollen Sie denn das wissen?« fragte der Drucker ganz ruhig.

»Wir nehmen das an, weil das Geld nicht da ist – und einer muß es doch haben!«

Der Drucker grinste. »Ja, einer hat es! Aber warum soll das gerade Stark sein? Der arme Kerl rennt jetzt 'rum, wie 'n Verzweifelter, und findet und findet keine Arbeit. Wenn der die fünfundfünfzig Mille irgendwo ›kabore gelegt‹ hätte – so sagt man ja wohl in Ihren Kreisen, Herr Assistent? – dann braucht er doch jetzt nicht bei Hunz und Kunz um Arbeit betteln gehn.«

Der Kriminalbeamte hatte bei der Erklärung des Verbrecherausdrucks den Mund verzogen, als hätte er auf 'n hohlen Zahn gebissen. Dann aber lächelte er, soweit das bei ihm in Frage kam, und meinte:

»Das will gar nichts sagen! Das nennt man, ›in meinen Kreisen‹, wie Sie sich so schön ausdrückten, ›Falle machen‹, das heißt, der biedere Stark rennt 'rum bei seinen Bekannten und tut so, als hätte er nichts zu beißen, und heimlich besieht er sich seinen Schatz und wartet ab, bis die Luft rein ist.«

Der Drucker schüttelte den Kopf. »Ich kenne Stark seit Jahren – er war immer 'n aufrichtiger und grundanständiger Kerl.«

»Na, denn könnten Sie ihm doch Arbeit geben!«

»Das möcht' ich auch,« sagte der Drucker langsam, »aber ich habe Angst – die Menschen reden soviel. Ich habe Angst, ich verliere meine Kundschaft.«

»Na, sehen Sie,« jetzt lachte Lüders, »das ist es doch! Der Verdacht ruht noch immer auf Stark!«

* * *

Hannes Stark hatte niemand, auch Maria nichts von dem Besuch bei dem Drucker erzählt. Er hatte sich vor zwei Tagen standesamtlich mit Maria trauen lassen. Doktor von Bernewitz und Amtsvorsteher Kleinert waren Zeugen gewesen. Die Amtshandlung hatte der Steuererheber Müller, als Kleinerts Vertreter, vorgenommen. Denn Herr Kleinert wollte durch seine Zeugenschaft bei Starks Hochzeit den Leuten beweisen, wie fest sein Glaube an Hannes Starks Unschuld sei.

Nach der Trauung hatten sie in der »Bärenhöhle« gefrühstückt, und der Wirt hatte sich dazugesetzt und den jungen Eheleuten herzlich gratuliert.

Auch an dem Tage hatte Stark fast nichts getrunken. Und Maria betrachtete ihn oft mit heimlicher Sorge, weil er so still war und so gedrückt schien. Hatte er etwa einen Verdacht, sie liebe ihn nicht mehr so, wie ehedem?

Maria ertappte sich manchmal darauf, daß sie von Bernewitz ansah und daß er ihr wohl gefiel. Aber das war ganz harmlos. Sie hätte das aufkeimende Pflänzchen Gefühl mit Stumpf und Stiel ausgerissen. Ihre Liebe durfte nur ihrem Hannes allein gehören!

Aber in des Malers Seele war kein Argwohn. Er liebte Maria mit der tiefen Leidenschaft, die sie an einem Herbstabend in seine Arme gerissen hatte. Es gab für ihn keine andere Frau, und nicht einen Augenblick zweifelte er daran, daß Maria ihn ebenso wieder liebte.

Was ihn peinigte, war der Gedanke, daß dieses Hochzeitsfrühstück von Doktor Bernewitz bezahlt wurde und daß jeder Groschen, den er sonst verbrauchte, von Maria und ihrer Mutter erarbeitet werden mußte.

Seit er nicht mehr trank und des Morgens nüchtern aufstand, seitdem hatte er auch seinen Leichtsinn nicht mehr. Und die furchtbare Zeit, die er zwischen Tod und Leben verbracht, hatte sein Gewissen geschärft und hatte einen ernsten, seiner Lebensaufgabe bewußten Menschen aus ihm gemacht. Wie oft hatte er früher gelacht! Nun lächelte er kaum mehr. Der Gedanke, sich von den beiden Frauen ernähren zu lassen, war ihm unerträglich.

Deshalb war er heute zu Doktor Bernewitz gegangen, hörte dort aber, der Anwalt sei fortgefahren und würde heute kaum mehr erscheinen.

Ärgerlich wollte Stark schon nach Hause, als ihm einfiel, daß er ja Arnold Müller aufsuchen wollte.

Daß Müller nie ein aufrichtiger Freund für ihn gewesen war und daß er sich schandbar benommen hatte, während er selbst in Untersuchungshaft saß, das wußte Stark wohl. Maria hatte ihm auch ihren Verdacht erzählt. Darüber hatte Stark nur gelächelt. Mochte Müllers Charakter auch nicht einwandfrei sein so hatte er doch nie und nimmer das Herz, etwas Strafbares und nun gar einen Mord zu begehen! Er war eben wie die anderen alle! Hörte auf das Gerede und glaubte viel eher etwas Schlechtes als Gutes von seinen Mitmenschen.

Und das reizte den Maler gerade heute! Er wollte dem Werkzeugmacher Auge in Auge gegenübertreten und ihm sozusagen die Pistole auf die Brust setzen – bei diesem, doch nur bildlichen Gedanken krauste sich Starkes Stirn: Pistolen und Waffen überhaupt waren ihm seit der schrecklichen Nebelnacht fürchterlich! Also, er wollte Arnold Müller fragen, ob und aus welchen Gründen er noch immer den Verdacht gegen ihn hege? –

Es hieß zwar allgemein, Müller wolle fortziehen von Ravensbrok. Aber vorläufig wohnte er noch draußen. Stark hatte gestern erst Müllers Frau gesehen. Aber auch Alice hatte sich scheu abgewendet und eine Begegnung mit Stark vermieden. Was der dabei empfunden – Stark schloß bei dem Gedanken die Augen. Doch diese Begegnung war es gerade, die ihn heute zu dem Werkzeugmacher hintrieb.

Sie trafen sich auf der Treppe. Müller hatte eben fortgehen wollen. Und er wäre an Stark vorbeigegangen, hätte der Maler ihn nicht angesprochen.

Der Werkzeugschlosser, mit einem gequälten Lächeln, brachte nichts weiter heraus als: »Also, da bist du wieder; na, ich gratuliere! Das ist ja noch mal gut abgegangen!«

Stark mußte lachen, ob er wahrlich nicht heiter war.

»Ja, hast du geglaubt, sie würden mich verurteilen wegen Mordes?«

Müller schwieg. Er lächelte ungewiß.

»Du mußtest doch am besten wissen, daß ich unschuldig bin, Arnold! Du kanntest mich doch und wußtest, daß ich ganz unfähig bin zu solcher Schandtat!«

»Ja, ja,« nickte der Werkzeugmacher, »ich hab's ja auch nicht geglaubt – bloß die Leute reden alle so – aber wir brauchen ja nicht hier auf der Treppe stehen – komm doch mit 'rauf in mein Kontor!«

Hannes Stark hatte dazu wenig Lust, aber er ging mit. Er mußte den Menschen zum Reden bringen. Der wußte mehr, als er sagen wollte. Marias Argwohn gegen Müller fiel ihm wieder ein.

In der Werkstatt war Martin Dummer noch eifrig bei der Arbeit. Aber er legte den Hammer sofort nieder und trat auf Stark zu, ihm die Hand zum Willkomm bietend.

Der Maler, leicht erregbar, war von dieser Herzlichkeit bewegt. Er lieh dem auch Worte. Der Geselle lachte und schüttelte fröhlich den Kopf.

»Nein, nein, auch nicht einen Augenblick hab' ich an Ihre Schuld geglaubt, Herr Stark! Mörder sehen anders aus! Und wenn Sie nicht so freigekommen wären, hätt' ich mein Zeugnis auch noch in die Waagschale geworfen. Aber Gott sei Dank, Sie sind frei. – Nun müssen Sie bloß sehen, daß der wirkliche Täter bald gefaßt wird. Denn wissen Sie, eher geben sich die Leute nicht zufrieden!«

Mitten in seiner freudigen Aufwallung überlief es den Maler wieder: dieser einfache, ehrliche Mensch da vor ihm, sagte er nicht im Grunde dasselbe wie alle anderen? Solange würden böse Nachrede und Verleumdung wie nicht der wahre Täter gefaßt war, solange Hetzhunde hinter ihm her sein!

Indem meinte der Fabrikant, dem Maler auf die Schulter klopfend:

»Wir können ja zusammen rausfahren nach Ravensbrok. Aber vorher wollen wir noch ein Glas Bier trinken gehen. Nicht wahr, Dummerchen, Sie machen dann auch Feierabend und kommen mit?«

Der Geselle war einverstanden. Und der Maler, dem gar nichts am Trinken lag, hoffte doch, von Müller noch allerlei Wissenswertes zu hören.

»Wie wär's denn, wenn wir nach ›Bestmanns Keller‹ gingen?« schlug Müller vor. Und Stark meinte das Lauern in seinen Worten zu hören. Trotzdem war der Maler sofort einverstanden: mochten sie doch alle sehen, daß er wieder auf freien Füßen ging! Und es sollte nur einer wagen, sich an ihm zu reiben! Ihn etwa aufzuziehen mit der Untersuchungshaft! Dem wollte er schon seine Meinung sagen!

Aber als die drei hinkamen, saßen nur ganz wenige Leute in dem Keller an der Ellerntorbrücke.

Der Wirt hatte vor ein paar Tagen wieder seine Tour gehabt, erzählte der schiefköpfige Kellner. Er war wieder einmal über die Brücke ins Lokal gestiegen, hatte aber in seinem Rausch die Leiter verfehlt und war ins Fleet gestürzt. Fast ertrunken, lag er nun mit wildem Fieber zu Bett, und Frau Malli hatte zu all ihrer Not die Plage, den Unverbesserlichen gesund zu pflegen.

Zwanzigstes Kapitel

Es war noch heller Nachmittag, als vor dem Häuschen der Witwe Winkel im Butenweg das Auto des Rechtsanwalts von Bernewitz hielt.

Maria war eben beim Bäcker gewesen und kam, den Korb am Arm, schnell daher. Der Anwalt stieg aus und wartete auf sie. Sie gingen ins Haus.

»Ich habe Ihnen etwas Erfreuliches mitzuteilen, Frau Maria.«

Sie standen einander gegenüber in der guten Stube. Die farbige und halbfertige Handarbeit lag auf Stuhl und Sofa, und Maria räumte das bestickte Linnen fort, um dem Gast Platz zu machen.

»Ich bringe die Zustimmung der Gerichtsbehörde, daß Ihr Mann die eingezogenen dreitausend Mark zurückerhält. Er kann das Geld jederzeit an der Gerichtskasse beheben.«

Mit einem Jubellaut sprang Maria auf und streckte dem Anwalt beide Hände entgegen.

Von Bernewitz nahm sie, und da er die Freude auf ihrem Hals und Antlitz aufflammen sah, fühlte er sein Herz schneller schlagen.

»Sie glauben nicht, Herr Rechtsanwalt, wie ich mich freue!« –

Er nickte nur. Der allezeit Wortsichere brauchte eine Weile, ehe er sich zurechtfand.

Maria selbst war ganz unbefangen. Frauen sind immer schwer zu ergründen. Am schwersten dann, wenn sie sich selbst nicht ganz klar über ihre Empfindungen sind. Sie war vielleicht eine Zeit bezaubert gewesen von diesem schlanken, adeligen Mann, der voller Geist und Klugheit ihr mit soviel Güte und Menschlichkeit zu Hilfe kam.

Aber nun war der zurückgekommen, dem ihr Herz von Anfang an gehörte und den sie, kaum, daß er wieder bei ihr war, auch nicht einen Augenblick weniger liebhatte.

Von Bernewitz kam ihr vor wie das Ideal eines Mannes, das Frauen in ihren einsamen Stunden erträumen. Aber der Mann, dem sie angehörte, den sie liebte und mit dem sie ihren Lebensweg gehen wollte, das war Hannes Stark! An dem hing ihr Herz, um den sorgte sie sich, wie eine Mutter und eine Geliebte. Und wahrlich, sie brauchte all' ihre Zeit und ihre ganze Kraft, um den so hart Getroffenen wieder aufzurichten!

Nur daran dachte sie, als sie hörte, er würde das Geld bekommen.

»Er denkt, ich merke es nicht, Herr Rechtsanwalt, daß er sich Sorgen macht. Aber ich möchte manchmal laut schreien, wenn ich sehe, wie er sich den Happen vom Mund abdarbt, weil er sich schämt, daß er nichts verdient und Mutter und ich das Geld heranschaffen. Aber er müßte trotzdem schon hier sein – um drei Uhr ist er fort, und jetzt ist es bald halb acht Uhr – ich habe immer Angst –«

»Daß ihm etwas passiert ist?«

»Nein, das weniger – aber er ist oft so verzweifelt.«

Von Bernewitz schüttelte den Kopf.

»Nein, Frau Maria, da verkennen Sie Ihren Mann. Der gibt das Heft nicht aus der Hand, bis er auf den Grund der Sache kommt. Da brauchen Sie keine Sorge zu haben! Naturen wie er lassen sich wohl rasch niederdrücken, aber sie sind auch ebenso schnell wieder auf den Füßen. Und jetzt, wo er Geld hat, da sollen Sie mal sehen, wie rasch er sich erholt und wie bald er seine alte Kraft wieder hat! Aber ich will gehen, sonst wundern sich die Leute, was ich solange bei Ihnen tue.«

Sie lachte.

»Ja, da haben Sie recht, lieber Herr Doktor! Die Ravensbroker, sagt meine Mutter – die übrigens auch bald kommen muß, sie ist liefern gegangen –, die haben Albenaugen, die sehen durch Mauer und Glas. Alben sind Elfen. Mutter ist Schlesierin, und die Schlesier, die wissen und kennen so allerhand Spuk und Sagen. Wenn wir abends allein bei der Lampe sitzen und arbeiten, dann erzählt sie mir, gerade als ob ich noch so 'ne lütje Deern wär' –«

»Das bist du ja auch«, sagte von Bernewitz' Blick. Doch er lächelte nur und verabschiedete sich.

Ein paar Minuten, nachdem von Bernewitz gegangen war, kam die Mutter, und sie, die ihr Kind kannte, fragte sofort:

»Was hast du bloß, Madel? Du brennst ja wie Klatschmohn!«

Maria lachte wie ein Kobold.

»Wir haben dreitausend Mark gewonnen, Mutti!«

Die alte Frau schüttelte den Kopf.

»Das kann ja wohl nicht sein, Maria?«

»Doch, Mutter, doch. Das ist so! Hannes kriegt die dreitausend Mark ausgezahlt von der Gerichtskasse. Du weißt doch, die sie beschlagnahmt haben, damals bei Berwins Tode.«

Frau Renate faltete die Hände. Ihre gläubige Seele wohnte so nahe dem Höchsten, daß Dank für solche Wohltat und stilles Gebet bei ihr eins waren. Dann besprach sie mit ihrer Tochter die mancherlei Sorgen und Nöte ihres gemeinsamen Lebens, die

nun mit einem Male aufhören sollten. Und wie sie darüber noch redeten und rechneten, ging die Haustür, und der Maler kam.

Mit so schwerem Herzen er eingetreten war, die frohen Mienen der beiden Frauen, ihre zuversichtlichen Stimmen ließen ihn plötzlich Licht und Sonne sehen. Es war ja Abend, und die Lampe strahlte nicht heller als sonst. Aber Marias blaue Augen blitzten ihn an, und auch die Mutter schien etwas von ihrer Jugendlust wiedergefunden zu haben.

»Was ist denn? Was habt Ihr denn bloß?«

Als er es hörte, wurde er ganz still.

Maria hing sich an ihn, sie sah, wie er mit sich rang.

Dann befiel ihn wieder jenes nervöse Lachen, das er früher oft gehabt hatte, wenn er berauscht war. Die blonde Frau dachte schon, daß er heute in seinem Ärger getrunken hätte. Aber da sie ihre Lippen seinem Mund näherte, ward sie gewahr, daß er völlig nüchtern war.

Sie lächelte. Da sah er sie an und küßte sie. Und dann sagte er aufatmend, als könne er nun eine schwere Last von den Schultern tun:

»Es ist gut –« Er wollte fortfahren: Nun weiß ich wenigstens, wovon ich leben soll. Aber er sprach das nicht aus, er wollte ja diese beiden Menschen, die so treu zu ihm hielten, am wenigsten kränken.

Einundzwanzigstes Kapitel

Als Alice in die Werkstatt trat, war Martin Dummer fleißig, wie immer, bei der Arbeit. Die Funken sprühten, Hammerschlag dröhnte, und die junge Frau trat in die Tür, über der die Klingel schellte, ohne daß der Geselle ihr Kommen gehört hatte.

Aber plötzlich, ehe sie noch bei ihm war, schien es, als berühre den starken Menschen eine unsichtbare Hand – die Faust mit dem Hammer sank herab, und der blonde Kopf hob sich mit gespanntem Blick. Aber dann – Alice sah es wohl – kam ein weicher Glanz in das Auge, und ein Lächeln, wie bei einem jungen Knaben, flog um die Lippen des Mannes, der der Frau mit ausgestreckter Hand entgegenging.

»Sie besuchen mich?« sagte er leise, und man sah seine großen weißen Zähne zwischen den frischen

Lippen. Doch dann zog er schnell die Hand zurück und putzte sie an der Werkschürze. Und lachte: »Es nützt ja nichts, ich bin ja doch schmutzig.«

Aber Alice nahm die Rechte des Gesellen, der ihr gar nicht unsauber vorkam und zu dem sie mit einem grenzenlosen Vertrauen aufsah.

»Ihr Mann ist nicht hier, Frau Müller!«

Alice winkte mit ihrer schmalen, weißen Hand.

»Ich weiß, ich weiß, Herr Dummer —«

Sie schwieg. Er sah sie voll Mitgefühl an.

Und Alice sagte leise:

»Darum komm' ich ja zu Ihnen, Herr Dummer!«

Plötzlich verdeckte sie die Augen mit der Hand, als wollte sie weinen.

Der Geselle hätte lieber mit der Hand ins Feuer gegriffen, als den Schmerz der Frau mit angesehen, die er heimlich schon so lange liebte. Alles in ihm schrie nach Zärtlichkeit. Aber einem anderen die Frau nehmen, mochte er auch noch so ein elender Kerl sein – das wollte sein Gewissen nicht! Die Stirn wurde ihm feucht, sein starkes Herz klopfte wie einer seiner großen Treibhämmer. Aber er tat nichts, er wartete, bis Alice leise sagte:

»Ach, was soll ich denn bloß tun, Herr Dummer? Ich weiß ja gar nicht, was ich anfangen soll!«

Sie umfaßte seinen Arm, als müsse sie sich an ihm festklammern.

»Was haben Sie denn, Frau Alice, was ist denn geschehen?«

Sie lehnte sich an ihn und klagte:

»Ach, ich habe ja keinen Menschen auf der Welt – keinen!«

Das war zuviel für den Gesellen. Ganz behutsam legte er den einen Arm um die zarte Gestalt und sagte innig:

»Doch, Frau Alice, einen haben Sie! Der tut alles für Sie! Aber ich weiß ja nicht, was ist – Sie müssen mir's schon sagen!«

Doch die Frau seufzte nur und zitterte.

Da nahm sie Dummer in den Arm und führte sie zu dem kleinen Kontor hin, wo ein Stuhl stand. Und auch, wenn etwa ein Kunde käme, daß er nicht gleich sehen sollte: der Geselle hatte die Frau Meisterin im Arm.

Aber Alice wollte nicht in das kleine Gelaß hinein. Kopfschüttelnd sagte sie mehrmals:

»Nein, nein, da nicht!«

Martin Dummer glaubte, sie fürchte sich, mit ihm allein zu sein. So ging er hinein und holte den Stuhl heraus.

Sie setzte sich auch. Und sah ihn mit schwimmenden Augen an und murmelte:

»Nein – nein! Ich kann es ja nicht sagen –«

»Er hat wohl was verbrochen?«

Alice nickte. Und plötzlich faßte sie sich ein Herz und sagte klar und deutlich:

»Ja, er hat das Geld genommen, von dem Berwin —«

Dummer brachte kein Wort heraus.

Und Alice sprach mit einer kalten, harten Stimme, als ginge sie die Sache nichts an, und erzählte alles klarklein:

»Er ist nicht in Hamburg geblieben in der Mordnacht. Und hat auch sein Rad nicht eingestellt auf dem Bahnhof. Das stand im Lokal von Hebenstreit. Von da ist er in die Nacht rausgefahren nach Ravensbrok. Aber draußen war's so nebelig in der Heide, da mußte er das Rad führen. Und dann – und dann hat er 'n gefunden, den Berwin – Aber der war schon tot, durch den Kopf geschossen – und Arnold, mein Mann, der hat ihm das Geld weggenommen – das hat in der gelbledernen Brieftasche gesteckt – Sie wissen doch; die damals unser Fritz unter dem Sofa gefunden hat, als wir bei Ihnen im Kontor waren. Das war Berwins Tasche, da war das Geld drin gewesen. Mein Mann kam denn nachher auch, aber als Fritz ihm die Brieftasche brachte, da ist er gleich weggegangen – und seit dem Tage ist er nicht wieder nach Hause gekommen, nach Ravensbrok – bis gestern nacht, und da hat er Abschied genommen für immer —«

Die Frau saß auf dem Stuhl. Sie blickte mit leeren Augen vor sich hin. Es sah aus, als wüßte sie gar nicht, wovon sie sprach.

Der Geselle bekam es mit der Angst. Nicht daß ihn die Freveltat des Meisters in Schrecken versetzt hätte – so leicht erschrak Martin Dummer nicht! Was ihn quälte und aufregte, war allein Alices Angst und Sorge.

Und da er sie so gänzlich hilflos und – wenigstens in seiner Phantasie – dem Ärgsten preisgegeben sah, da war es ihm, als wäre sie noch ein Kind, ein armes, am Leben verzweifelndes Kind, das er schützen und vor einem schlimmen Ende bewahren müßte. Und ohne Angst und Weh aus ihrem Herzen schwanden eine Spur von Selbstsucht, nur erfüllt von der Hingabe des Liebenden, der sich selbst zum Opfer bringt, nahm er sie in seine Arme und bettete sie an die breite Brust, an der wahrlich Platz genug für eine so zarte Blume war.

»Ich bin bei Ihnen, liebe Alice, ich verlasse Sie nicht! Solange Sie es wollen, bleibe ich bei Ihnen!«

Sie küßten sich nicht. Es war nichts von Verlangen oder gar Leidenschaft in ihrer Umarmung. Martin Dummer war stolz und glücklich, daß er die geliebte Frau so halten und schützen durfte. Und Alice, die, obwohl schon längst Mutter, im tiefsten doch immer Kind geblieben war, fühlte sich so zufrieden, so geborgen im Arm dieses starken Mannes, daß und sie nur noch den Wunsch hatte, in seiner Liebe auszuruhen.

* * *

Nur die Polizeibehörde war mit solch' simplem Ausgang nicht einverstanden. Kommissar Reimer und sein Assistent Lüders setzten Telegraph und Telephon immer wieder in Bewegung. Es ist ja schließlich nicht gleichgültig, ob einer, der fünfzigtausend Mark unterschlägt, damit wegkommt oder ob dem Staat solche Summe zufällt. Außerdem muß

so ein Übeltäter im Interesse der öffentlichen Moral gefaßt werden. So wußte man denn auf der Polizei auch nach kurzer Zeit, daß Arnold Müller nach Amsterdam geflohen und von dort mit einem portugiesischen Segler weitergereist war.

Das Schiff landete auch im Hafen von Portoriko. Aber dort wies der Kapitän aus seinem Logbuch nach, daß der Passagier Müller in einer Sturmnacht, weil er durchaus nicht in der Kajüte, sondern mit aller Gewalt an Deck bleiben wollte, von einer Sturzsee über Bord gespült und ertrunken wäre. Man hatte alles zu seiner Rettung aufgeboten, hatte trotz des tollen Wetters ein Boot hinabgelassen; aber in jenen Meeren gibt es Haifische, die viele Opfer fordern. So kündete das Logbuch des Portugiesen Arnold Müllers ruhmloses Ende. Und gegen ein solches Schiffsregister gibt es keinen Rekurs. –

Herr Reimer und sein Gehilfe legten die Sache Müller zu den Akten. Und auch bei denen, die den Feilenhauer sonst kannten, erregte sein Tod kein großes Bedauern.

Maria Stark faßte das in ein gutes Wort zusammen. Sie sagte:

»Die Liebe geht über das Grab hinaus. Aber wo keine Liebe war, kann auch keine Trauer sein und kein treues Gedenken. – Wohl uns, die wir lieben und geliebt werden!«

– Ende –

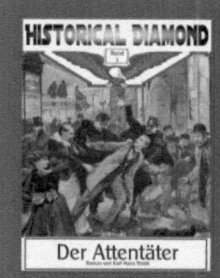

HISTORICAL DIAMOND
Der Attentäter
Reduzs von Karl Hans Strobl

HISTORICAL DIAMOND
Die Seelenverkäufer
Abenteuerroman von Kurt Faber

HISTORICAL DIAMOND
Jenseits des Äquators
Abenteuerroman von Ferdinand Emmerich

HISTORICAL DIAMOND
Der Feind aus dem Dunkel
Kriminalroman von Annie Hruschka

HISTORICAL DIAMOND
Der Tag der Vergeltung
Kriminalroman von Anna Katharine Green

HISTORICAL DIAMOND
Die Yacht der sieben Sünden
Kriminalroman von Paul Rosenhayn

HISTORICAL DIAMOND
Das Rätsel von Ravensbrok
Kriminalroman von Hans Hyan

HISTORICAL DIAMOND
Spreemann und Co
Historischer Berlin-Roman von Alice Berend

HISTORICAL DIAMOND
Die verlorene Welt
Abenteuerroman von Conan Doyle

HISTORICAL DIAMOND
Allan Quatermain und der
Zauberer im Zululand
Abenteuerroman von Henry Rider Haggard

HISTORICAL DIAMOND
Attila - König der Hunnen
Historischer Roman von Felix Dahn

HISTORICAL DIAMOND
Lizzie Holmes und die
Kristiana-Affäre
Kriminalroman von Sven Elvestad

HISTORICAL DIAMOND
Der Chinese
Ein Wachtmeister Studer - Krimi von Friedrich Glauser

HISTORICAL DIAMOND
Allan Quatermain
und die heilige Blume
Abenteuerroman von Henry Rider Haggard

HISTORICAL DIAMOND
Bomben auf Monte Carlo
Roman von Fritz Reck-Malleczewen

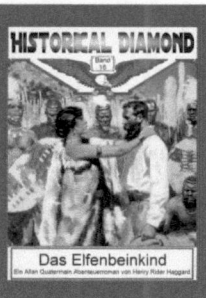

HISTORICAL DIAMOND
Das Elfenbeinkind
Ein Allan Quatermain Abenteuerroman von Henry Rider Haggard